भारत के सर्वोच्च आत्मबलिदानी

श्री गुरु तेगबहादुरजी

AF819863

डॉ. कुलदीप चंद अग्निहोत्री

प्रभात
पेपरबैक्स
www.prabhatbooks.com

प्रकाशक
प्रभात पेपरबैक्स
प्रभात प्रकाशन प्रा. लि. का उपक्रम
4/19 आसफ अली रोड, नई दिल्ली-110002
फोन : 23289777 • हेल्पलाइन नं. : 7827007777
इ-मेल : prabhatbooks@gmail.com ❖ वेब ठिकाना : www.prabhatbooks.com

संस्करण
प्रथम, 2022

मूल्य
साठ रुपए

मुद्रक
आर-टेक ऑफसेट प्रिंटर्स, दिल्ली

★

Bharat Ke Sarvochch Atmabalidani
SHRI GURU TEGABAHADURAJI
by Dr. Kuldip Chand Agnihotri

Published by **PRABHAT PAPERBACKS**
An imprint of Prabhat Prakashan Pvt. Ltd.
4/19 Asaf Ali Road, New Delhi-110002

ISBN 978-93-5521-202-3

₹ 60.00

अप्रैल–मई 2021 के जिन दिनों
मैं कोरोना की जकड़न में पड़कर अस्पताल में था,
उन दिनों जब भी आँखें बंद करता था तो न जाने क्यों
मेरे सामने **गुरु तेगबहादुरजी** और उनके साथियों
भाई **मतिदास**, भाई **सतीदास** और भाई **दियालाजी** की
शहादत का दृश्य साकार होने लगता था।
यह प्रयास उन्हीं की
उस पावन स्मृति
को
समर्पित।

भूमिका

सप्त सिंधु क्षेत्र की कुछ घटनाएँ ऐसी हैं, जिन्होंने भारतवर्ष के इतिहास में महत्त्वपूर्ण भूमिका निभाई है। इनमें सबसे पहले सिंधु–सरस्वती घाटी की सभ्यता के विकास की चर्चा की जा सकती है। अब यह स्वीकार किया जाने लगा है कि यह सभ्यता आधुनिक युग के पैमाने से भी अत्यंत विकसित थी और यह पश्चिमोत्तर भारत तक ही सीमित नहीं थी, बल्कि इसका विस्तार पूरे हिंदुस्थान में था। दरअसल वर्तमान भारतीय विश्वासों, आस्थाओं एवं पूजा–पद्धति का आधार सिंधु–सरस्वती सभ्यता में ही मिलता है। इसके उपरांत वेद रचना का युग आता है। वह सिंधु–सरस्वती सभ्यता का अगला चरण है। गंभीर चिंतन का युग। इस युग के चिंतन ने भारतवर्ष को ही नहीं, बल्कि पूरे जंबूद्वीप को आच्छादित किया। कुरुक्षेत्र में हुआ महाभारत का युद्ध सप्त सिंधु क्षेत्र की ऐसी घटना है, जिसने पूरे हिंदुस्थान को पश्चिमोत्तर के मैदानों में लाकर खड़ा कर दिया था। पांडवों के वंशज महाराजा परीक्षित और तक्षक नाग का युद्ध महाभारत के युद्ध के बाद की घटना है। नागों ने परीक्षित को पराजित कर मार डाला, जिसके बाद नागों तथा परीक्षित के वंशजों में लंबे समय तक युद्ध होते रहे। अरब क्षेत्र में इसलाम का उदय एक ऐसी घटना थी, जिसने हिंदुस्थान को ही नहीं, बल्कि पूरी दुनिया को प्रभावित किया। नव इसलाम में दीक्षित हो चुके अरबों, तुर्कों व मुगल मंगोलों यानी ए.टी.एम. (अरब सैयद + तुर्क + मुगल मंगोल) के हिंदुस्थान पर सप्त सिंधु के रास्ते हमले आठवीं शताब्दी में ही शुरू हो गए थे, लेकिन इस बार के हमले केवल भौगोलिक आधिपत्य के लिए ही नहीं थे, बल्कि येन–केन–प्रकारेण विजित देश के निवासियों को अपने मजहब में मतांतरित करने के लिए सांस्कृतिक हमले भी थे। हमले क्योंकि सप्त सिंधु क्षेत्र से ही हो रहे थे, इसलिए इसका सर्वाधिक दंश भी इसी क्षेत्र को सहना पड़ा। इस

नई आफत का सामना कैसे किया जाए, यह सबसे बड़ी चुनौती थी। इस मरहले पर दशगुरु परंपरा का उदय एक दैवी योजना ही कही जा सकती है। गुरु नानक देवजी इस परंपरा के संस्थापक थे। दुर्भाग्य से इस परंपरा के आध्यात्मिक पक्ष का तो बहुविध अध्ययन हुआ है, लेकिन इसका सामाजिक और राजनैतिक पक्ष समग्र रूप से उपेक्षित ही रहा है। दशगुरु परंपरा के दशों गुरुओं का जीवन सांसारिकता और आध्यात्मिकता का मणि-कांचन संयोग था। आज इस प्रयोग की सर्वाधिक आवश्यकता है। गुरु तेगबहादुरजी मानते हैं कि सांसारिक साधना करते समय जरूरी है पाप से डरना। पाप से डरने का अर्थ है अधर्म के रास्ते का त्याग करना। धर्मयुक्त व्यवहार करना। गुरुजी एक दूसरा सूक्ष्म संकेत भी करते हैं। संसार में अरबों-खबरों योनियाँ हैं, लेकिन धर्म, साधना और मोक्ष का लक्ष्य केवल मनुष्य योनि में ही संभव है। ऐसा अवसर बार-बार नहीं मिलता। उन्होंने संकेत दिया है, मानस देह बहुरि नह पावै। यह स्वर्णिम अवसर है।

वर्तमान युग में गुरुजी के इस सिद्धांत या निष्कर्ष को समझने और उसपर चलने की और भी ज्यादा जरूरत है, क्योंकि आजकल विश्व भर में आर्थिक जगत् में अर्थ और काम साधना को नियंत्रित करनेवाले दो ही मॉडल हैं—मार्क्सवाद और पूँजीवाद। ये दोनों मॉडल मानते हैं कि यदि मनुष्य की भौतिक आवश्यकताएँ पूरी हो जाएँ तो वह सुखी या प्रसन्न हो जाता है। ये दोनों मॉडल भौतिक आवश्यकताओं की पूर्ति और भौतिक साधनों की उपलब्धि को ही सुख की चरम उपलब्धि मानते हैं। पंडित दीनदयाल उपाध्याय ने पूँजीवाद और मार्क्सवाद इन दोनों के विकल्प के तौर पर एकात्म मानववाद की अवधारणा प्रस्तुत की थी। इस अवधारणा की जड़ें कहीं-न-कहीं दशगुरु परंपरा, विशेषकर श्री तेगबहादुरजी की वाणी और संकल्प में मिल जाएगी। श्री गुरु तेगबहादुरजी ने सार्थक मनुष्य की परिभाषा करते हुए कहा है कि जो सुख और दुःख को समान करके मानता है, यहाँ उनका सुख-दुःख से अभिप्राय मानव जीवन में होनेवाले उतार-चढ़ाव से ही है। आदमी चढ़ाव से प्रसन्न होता है, लेकिन उतार से दुःखी होता है। श्री तेगबहादुरजी का मानना है कि दोनों स्थितियों में सम बना रहे, उसी को सार्थक कहा जाता है। क्षणिक लाभ के लिए आदमी लोभ की वृत्ति से ग्रसित हो जाता है और उसके कारण उसका सांसारिक तथा गृहस्थ जीवन प्रभावित होता है। प्रतिकूल परिस्थितियाँ आने पर व्यक्ति संयम छोड़ देता है और क्रोध के वशीभूत हो जाता है। यश मिलने से उसका व्यवहार बदल जाता है और कहीं-न-कहीं वह अहंकार का शिकार हो जाता है। लेकिन यदि

कोई निंदा करता है तो प्रतिक्रियास्वरूप या तो वह निराश हो जाता है या फिर बदला लेने पर उतारू हो जाता है। ये सारे मानव मन के विकार हैं। भौतिक पदार्थों की प्राप्ति के लिए कार्यरत मनुष्य को ये विकार अपनी ओर खींचते हैं, जिनके कारण वह अर्थ और काम साधना के धर्मयुक्त मार्ग से तो भटक ही जाता है। मोक्ष के लक्ष्य से भी किनारा कर लेता है। श्री तेगबहादुरजी अपनी वाणी में मनुष्य मात्र को इन मनोविकारों से बचने की सलाह देते हैं। इन मनोविकारों से बचना और इनपर नियंत्रण पाना ही सबसे बड़ी साधना है। श्री तेगबहादुरजी बार-बार इसी का संकेत करते हैं। यह ऐसा क्षेत्र है, जिसमें और कुदाल चलाने की जरूरत है। यह लघु प्रयास इसी दिशा में है।

मेरे इस प्रयास में अनेक मित्रों का सहयोग रहा है। भारतीय ज्ञान-परंपरा में निरंतर प्रयोग करते रहनेवाले और दिल्ली सिख गुरुद्वारा प्रबंधक कमेटी के पूर्व सदस्य श्री गुरलाड सिंह काहलों जी इस प्रकल्प में जो रुचि दिखाई, उससे मुझे बहुत प्रोत्साहन मिला। वे अन्याय के खिलाफ लड़ने वाले योद्धा हैं। यही कारण है कि उन्होंने अनेक प्रकार के दवाब को नकारते हुए भी 1984 में दिल्ली में हुए नरसंहार की जाँच के लिए उच्चतम न्यायलय में जनयाचिका दायर की थी। दरअसल उनके सौजन्य से ही यह निराकार प्रयास साकार रूप ग्रहण कर सका है। दशगुरु परंपरा को समर्पित श्री हरमन जीत सिंहजी का प्रत्यक्ष परोक्ष प्रोत्साहन मिलता रहा। कैलिफोर्निया में रच-बस गए डॉ. सुखबिंदर सिंह कंबोज से अनेक बार इस प्रकल्प पर चर्चाएँ होती रहीं। इस विषय पर उनका गहरा अध्ययन सचमुच अभिभूत करनेवाला है। अविनाश जायसवालजी, निर्मला पंथ के डॉ. रामेश्वरानंद गिरिजी इस क्षेत्र में अध्ययन के लिए मुझे निरंतर प्रेरित करते रहते है। संतोष तनेजाजी इस क्षेत्र के सशक्त संवाद पुरुष हैं। मेरा उनसे परिचय तब से है, जब वे पटियाला के थापर विश्वविद्यालय में अभियांत्रिकी विभाग में अध्ययन कर रहे थे। मेरे इन प्रयासों में उनका वरदहस्त रहता ही है।

मकर संक्रांति, 15 जनवरी, 2022

—डॉ. कुलदीप चंद अग्निहोत्री
मुकंदपुर (नवाँशहर)

अभिमत

श्री गुरु तेगबहादुरजी का जीवन और उनका योगदान मध्यकालीन पंजाब के इतिहास में ही नहीं, बल्कि संपूर्ण भारत के इतिहास में महत्त्वपूर्ण स्थान रखता है। धर्म हेतु किया गया उनका यह साका (जिसे इस पुस्तिका में आत्मबलिदान के संकल्प से संबंधित किया गया है) जिस प्रकार सिख धर्म और खालसा पंथ के इतिहास में एक गौरवमयी अध्याय के रूप में मान्य है, उसी प्रयास में इसे निरंतर विकसित हो रही भारतीय धर्म परंपरा के अटूट अतुलनीय प्रसंग के रूप में समझना अनिवार्य है। यह अत्यंत प्रसन्नता की बात है कि सप्त सिंधु विरासत के इतिहासकार, हिंदी व पंजाबी साहित्य के गंभीर चिंतक, भारतीय ज्ञान और धर्म परंपरा के बहुपक्षीय विद्वान् डॉ. कुलदीप चंद्र अग्निहोत्रीजी ने गुरु तेगबहादुरजी के आत्मबलिदान के साका को आधार बनाकर इस लघु पुस्तिका की रचना की है।

यह पुस्तिका अनेक कारणों से अलग महत्त्व रखती है। सरल संचार मूलक हिंदी में लिखी होने के कारण भारत के विशाल पाठक-वर्ग से संबंधित है। दूसरा, लेखक की भारतीय धर्म परंपरा और सिख धर्म व चिंतन से बहुपक्षीय साम्यता होने के कारण गुरुओं के इतिहास से संबंधित तथ्य, प्रसंग व संदर्भ न केवल सही रूप में संकल्पबद्ध किए गए हैं, बल्कि सही संदर्भ में प्रस्तुत भी किए गए हैं। इसका उत्तम उदाहरण 'आत्मबलिदान' का संकल्प ही माना जा सकता है, जो एक ओर तो स्वयं को शहादत व कुर्बानी जैसे शब्दों से अलग करता है, जिनका अर्थगत आधार सामी संप्रदायों में है। दूसरी ओर, यह स्वयं को भारतीय परंपरा के बलिदान से भी अलग करता है, जिसमें अपने किसी निजी कार्य को संपन्न करने के लिए अपने या किसी अन्य जीव के प्राण न्योछावर किए जाते हैं। इस प्रकार यह पुस्तिका अपने अध्ययन प्रकल्प हेतु धार्मिक व पांथिक प्रश्नों का अध्ययन

करते समय आवश्यक भावात्मक दायित्व के प्रति सचेत है। समग्र धार्मिक और पांथिक संकल्पों को सही तरीके से स्थापित करते हुए वैचारिक संरचना निर्माण करती है। इस पुस्तिका के माध्यम से भारतवर्ष के दूर–दराज के क्षेत्रों में फैला हुआ पाठक–वर्ग श्री गुरु तेगबहादुरजी के जीवन और उनके योगदान के बारे में सही संदर्भों में जानकारी और ज्ञान प्राप्त करेगा।

26 जनवरी, 2022

—डॉ. गुरपाल सिंह संधू
पूर्व अधिष्ठाता, भाषा संकाय
प्रोफेसर व अकादमिक प्रमुख
गुरु नानक सिख अध्ययन विभाग
पंजाब विश्वविद्यालय, चंडीगढ़

अनुक्रम

प्रथम अध्याय

प्रारंभिक जीवन

श्री तेगबहादुरजी (1621–1675) का जन्म अमृतसर में 19 मार्गशीर्ष विक्रमी संवत् 1678 तदनुसार प्रथम अप्रैल, 1621 रविवार को छठे गुरु श्री हर गोविंदजी के घर नानकीजी की कोख से हुआ। जिस स्थान पर आपका जन्म हुआ, उसे गुरु के महल कहा जाता था। आपका बचपन का नाम त्याग मल था। आपके चार भाई, गुरुदित्ताजी (1613), सूरजमल (1617), अनिराय (1618), अटल राय (1619) थे। गुरुदित्ताजी सबसे बड़े थे और तेगबहादुरजी सबसे छोटे थे। आपके जन्म के समय गुरदित्ताजी की उम्र तेरह साल, सूरजमलजी की छह साल, अणि रायजी की चार साल और अटल रायजी की दो साल थी। (तारण सिंह, गुरु तेगबहादुर, जीवन ते सिखिआ, पृष्ठ 1) उनकी एक बड़ी बहन वीरो (1615) भी थी। 1928 में उनके दादी गंगाजी का देहांत हो गया। कुछ दिनों उपरांत उनके भाई अटल राय अपनी इहलीला समाप्त कर परलोकवासी हो गए। यह सचमुच पूरे परिवार के लिए गहरा घाव था। अल्प आयु में ही तेगबहादुरजी ने परिवार में हृदयबेधक घटनाओं को देखा, जिससे उनके मन–मस्तिष्क पर गहरा असर हुआ।

तेगबहादुरजी के दादा पंचम गुरु श्री अर्जुन देवजी की शहादत के बाद से ही दशगुरु परंपरा व मुगल शासक आमने–सामने आ गए थे। यही कारण था कि हर गोविंदजी ने पीरी के संकल्प के साथ मीरी का संकल्प भी जोड़ दिया था। सेहली या माला तोषखाने में रख दी और खड्ग धारण कर ली। खड्ग भी एक नहीं, बल्कि दो। एक सांसारिक शक्ति की प्रतीक और दूसरी आत्मिक शक्ति की प्रतीक। शस्त्रे शास्त्रे च कौशलम्, यानी एक साथ ही शास्त्रों व शस्त्रों में निपुणता प्राप्त करने का संकल्प। मुगल शासन ने सप्त सिंधु क्षेत्र से शुरू हुई दशगुरु परंपरा के दमन का जो रास्ता अपनाया था, उसका उत्तर मीरी–पीरी के संकल्प से ही संभव था। इस संकल्प और

तत्संबंधी तैयारी के कारण उनका मुगल सत्ता से यदा-कदा संघर्ष रहने लगा। पंजाब के इतिहास में ऐसी चार लड़ाइयों का जिक्र आता है, जिसमें मुगल सेना और छठे गुरु श्री हरगोविंदजी के सैनिकों का आमना-सामना हुआ। पहली झड़प तो 1628 में तभी हो गई थी, जब गुरुजी अभी अमृतसर में ही थे। उस समय तेगबहादुरजी की आयु महज सात-आठ साल थी। अमृतसर में मुगलों से झड़प के बाद श्री हर गोविंदजी परिवार समेत दोआबा क्षेत्र के करतारपुर की ओर चल पड़े। कुछ दिन गोइंदवाल में रहे और अपने परिवार को वहीं छोड़ते हुए स्वयं करतारपुर की ओर प्रस्थान किया। गुरुजी अभी करतारपुर में ही थे और उन्होंने अपने दादा के बसाए गोविंदपुर नगर का भी विस्तार शुरू किया। (यही गोविंदपुर बाद में हरगोविंदपुर के नाम से प्रसिद्ध हुआ) गोविंदपुर करतारपुर से ज्यादा दूर नहीं है। लेकिन गुरुजी की गतिविधियों से जालंधर का शासक अब्दुल्ला खान चौकन्ना हो गया और उसने सितंबर 1630 में गोविंदपुर पर हमला कर दिया, लेकिन अब तक गुरुजी ने पर्याप्त तैयारी कर रखी थी। अब्दुल्ला खान मारा गया और उसकी सेना भाग निकली। जब इस हमले और उसके परिणाम की खबर गोइंदवाल पहुँची तो सभी ने खुशी मनाई। दीवाली भी निकट आ रही थी। इसलिए गुरुजी गोइंदवाल से अपने परिवार को लेकर अमृतसर पहुँचे। दीवाली के उत्सव पर दूर-दूर से श्रद्धालु गुरुजी के दर्शन व आशीर्वाद के लिए अमृतसर पहुँचे।

अमृतसर में ही प्रथम गुरु श्री नानक देवजी के सुपुत्र श्री श्रीचंदजी हरगोविंदजी से मिलने के लिए आए। श्रीचंदजी देश भर में गुरुवाणी की व्याख्या और प्रचार के काम में लगे हुए थे। उनका कार्य उदासी मत के नाम से विख्यात था। उदासी आश्रम देश भर में फैले हुए थे, लेकिन अब वे आयु के अंतिम पड़ाव पर पहुँच गए थे। इसलिए चाहते थे कि गुरु परिवार से ही कोई योग्य साधक इस परंपरा को सँभाल ले। श्री हर गोविंदजी ने अपने सबसे बड़े सुपुत्र श्री गुरुदित्ताजी, उस समय जिनकी आयु सोलह साल के आसपास थी, को श्रीचंदजी को इस महत्त्वपूर्ण कार्य के लिए अर्पित कर दिया। श्रीचंदजी ने गुरदित्ताजी को उदासी संप्रदाय का उत्तराधिकारी मनोनीत कर दिया। लगता है, श्रीचंदजी उदासी संप्रदाय का योग्य उत्तराधिकारी ही तलाश रहे थे। वह पूरी हो जाने पर उन्होंने यह संसार भी त्याग दिया। (विस्तृत जानकारी के लिए ईशर सिंह नारा, बाबा श्रीचंदजी साहिब अते उदासीन संप्रदाय देखें) अमृतसर से गुरुजी परिवार समेत करतारपुर आ गए।

यहीं करतारपुर में अंबाला के पास के एक गाँव लखनौर से आकर लाल चंद खत्री बस गया था। श्री तेगबहादुरजी के बड़े भाई श्री सूरज मलजी का विवाह

करतारपुर में ही हुआ। कहा जाता है कि जब सूरजमलजी का विवाह था तो उसमें श्री लाल चंदजी भी अतिथि थे। वहीं उन्होंने विवाह में श्री तेगबहादुरजी को देखा। लाल चंदजी के मन में अभिलाषा जाग्रत् हुई कि उनकी बेटी गूजरी का विवाह तेगबहादुरजी के साथ हो जाए। उनकी वह अभिलाषा पूरी भी हो गई। प्रो. फौजा सिंह का मानना है कि "जिस दिन सूरजमल का विवाह हुआ, उसी दिन तेगबहादुरजी की सुभिक्खी खत्री समाज के श्री लाल चंदजी की सुपुत्री गुजरीजी के साथ मँगनी हो गई थी। बाद में उनका विवाह संपन्न हुआ। यह भी कहा जाता है कि विवाह 1629 में हुआ, लेकिन त्रिलोचन सिंह विवाह 1632 में हुआ मानते हैं। वैसे भी मँगनी और विवाह एक साथ नहीं हो सकता। यह उस समय की रीत थी। इसलिए मँगनी के कुछ साल बाद 1632 में विवाह होना ज्यादा तर्क सम्मत है।

नथाना का युद्ध (1631)

अब गुरुजी ने निश्चिंत होकर अपना प्रचार कार्य शुरू किया। सैनिकों को शस्त्र प्रशिक्षण भी दिया जाने लगा। शस्त्रों को प्राप्त करने के प्रयास शुरू हुए। गुरुजी ने सभी श्रद्धालुओं को सलाह दी थी कि मुझे देने के लिए शस्त्र व घोड़े लाएँ, जो भविष्य में युद्ध के काम आ सकें। वे स्वयं भी अच्छे घोड़े खरीद रहे थे। काबुल से कुछ घोड़े खरीदे गए थे, लेकिन रास्ते में लाहौर के मुगल शासकों ने उन्हें जबरदस्ती छीन लिया। गुरुजी को सूचना मिली। उनको लगा कि मुगल साम्राज्य की इस सीनाजोरी का यदि शुरू में ही जवाब न दिया गया तो उनका साहस बढ़ जाएगा। लेकिन शाही अस्तबल से आखिर घोड़े छुड़ाए कैसे जाएँ? कहा जाता है कि यह दायित्व विधि चंद ने अपने ऊपर ले लिया। वह लाहौर पहुँचा और उसने किसी तरह शाही अस्तबल में नौकरी प्राप्त कर ली। कुछ दिनों नौकरी करता रहा और घोड़े को अपने व्यवहार से नियंत्रण में कर लिया। उसके बाद उसे घोड़ा भगाते कितनी देर लगती? वह घोड़ा गुरुजी के पास ले आया। लेकिन मसला इतने से तो हल होनेवाला न था। उधर शाही पुलिस पहले घोड़े की तलाश कर रही थी और इधर विधि चंद दूसरा घोड़ा उड़ाने की फिराक में था। इस बार वह ज्योतिषी बनकर लाहौर में हाजिर था। किस्सा कोताह यह कि उसने दूसरा घोड़ा भी शाही अस्तबल से निकाल लिया, लेकिन इस बार यह भी बता आया कि घोड़े उसके गुरु के थे और अब उन्हीं के रहेंगे। मुगल सेना ने भी बदला और घोड़े एक साथ लेने के लिए आक्रमण की तैयारियाँ शुरू कर दीं। इसकी भनक गुरुजी को भी लगी। उनका अनुमान था कि लाहौर के हमले का करतारपुर में

मुकाबला नहीं हो सकेगा। सही तरीके से मुकाबला मालवा में ही किया जा सकता है। इसलिए उन्होंने अपने साथियों समेत मालवा की ओर कूच कर दिया, लेकिन मालवा में ऐसा कौन सा स्थान हो सकता था, जहाँ शत्रु को अधिक संख्या में होते हुए भी करारी शिकस्त दी जा सके ? इसके लिए नथाना और मरहाज के बीच का स्थान सबसे ज्यादा उपयुक्त था। पानी की एक ढाव के अतिरिक्त यहाँ पानी का और कोई स्रोत नहीं था। यदि इस स्रोत पर कब्जा कर लिया जाए तो पानी के अभाव में लंबी लड़ाई में दुश्मन की पराजय निश्चित थी। जनवरी 1631 को नथाना नाम स्थान पर लाहौर की सेना और गुरुजी के बीच भयंकर युद्ध हुआ। गुरुजी का अनुमान सही था। भीषण गरमी में पानी के अभाव में मुगल सेना भागने लगी। गुरुजी के भी 1200 से भी ज्यादा सैनिक हताहत हुए, लेकिन इस हमले में दुश्मन को दुम दबाकर भागना पड़ा। नथाना के इस भीषण युद्ध के बाद गुरुजी वापस करतारपुर लौट आए।

करतारपुर का युद्ध (1634)

लेकिन लगता था, मुगल करतारपुर में भी गुरुजी का पीछा नहीं छोड़ रहे थे। अप्रैल 1634 को मुगल सेना और गुरुजी की सेना एक बार फिर आमने-सामने थीं। अब तक की लड़ाइयों में गुरुजी मुगल सेना को नाकों चने चबवा चुके थे। लेकिन मुगलों के आक्रमण बंद होने का नाम ही नहीं ले रहे थे। काले खाँ के नेतृत्व में मुगल फौज ने करतारपुर को घेर लिया था। काले खाँ मुखलिस खाँ का बेटा था, जिसे श्री हर गोविंदजी ने अमृतसर की लड़ाई में यमपुरी पहुँचाया था। यह गुरु हरगोविंदजी की मुगल सत्ता से चौथी लड़ाई थी। लेकिन दुर्भाग्य से गुरुजी की सेना का ही पठान पैंदा खाँ और उसका दामाद उस्मान खाँ, काले खाँ के साथ जा मिले थे।

पैंदा खाँ का गुरु हरगोविंदजी के खिलाफ मुगल आक्रमणकारी काले खाँ के साथ मिल जाने का प्रसंग भी काफी रुचिकर है, क्योंकि पैंदा खाँ पहले गुरुजी की सेना में ही था। कहा जाता है कि एक बार श्री हरगोविंदजी के किसी श्रद्धालु ने एक बहुमूल्य लिबास और एक बाज उनको भेंटस्वरूप भेजा था। लिबास और बाज की पूरे दरबार में सभी ने प्रशंसा की। गुरुजी ने बहुमूल्य लिबास पैंदा खाँ को और बाज गुरदित्ताजी को दे दिया। पैंदा खाँ को यह भी कहा कि आगे से दरबार में यह लिबास पहनकर ही आए। दूसरे दिन पैंदा खाँ वह लिबास पहनकर आया, जो उस पर बहुत सुंदर लग रहा था। सब दरबारियों ने मुक्त कंठ से गुरुजी की इस उदारता को सराहा। लेकिन उधर लिबास को लेकर पैंदा खाँ के घर में ही झगड़ा शुरू हो गया। उसके

दामाद उसमान खाँ ने अपने पिता से अपने लिए वह लिबास माँगना शुरू कर दिया। पैंदा खाँ की पत्नी भी दामाद के पक्ष में ही हो गई। पैंदा खाँ वह लिबास देना तो नहीं चाहता था, लेकिन घर में सुख-शांति बनी रहे, इसलिए उसने वह लिबास दामाद को दे दिया। जब दूसरे दिन वह साधरण कपड़े पहनकर दरबार में आया तो स्वाभाविक ही गुरुजी ने लिबास के बारे में पूछा। पैंदा खाँ ने कहा कि वह लिबास इतना बहुमूल्य है कि मैं उसे रोज-रोज कैसे पहन सकता हूँ। मैंने उसे विशेष अवसरों पर पहनने के लिए ही सुरक्षित रख लिया है। लेकिन कुछ दिन बाद गुरदित्ताजी का बाज भी गुम हो गया। चर्चा होने लगी कि पैंदा खाँ के दामाद उस्मान खाँ ने वह बाज चुरा लिया है। संशय दूर करने के लिए गुरुजी ने पैंदा खाँ को ही उस्मान खाँ के घर भेजा कि वहाँ जाकर देखो कि कहीं बाज उसके पास तो नहीं। पैंदा खाँ ने उस्मान खाँ के यहाँ जाकर बहुत समझाया कि गुरुजी का बाज वापस कर दो। लेकिन उस्मान खाँ नहीं माना। तब पैंदा खाँ ने आकर दरबार में बताया कि उसके बेटे के पास बाज नहीं है। इसपर गुरुजी ने श्री तोताराम को उस्मान खाँ के घर भेजा। स्वाभाविक ही वहाँ बाज मिल गया और वह सुंदर लिबास भी मिल गया, जो गुरुजी ने पैंदा खाँ को दिया था। बाप-बेटे के इस व्यवहार से दुःखी होकर गुरुजी ने उन्हें अपनी सेवा से मुक्त कर दिया। तभी पैंदा खाँ को पता चला कि मुखलिस खाँ का बेटा काले खाँ गुरुजी से बदला लेना चाहता है, क्योंकि अमृतसर की लड़ाई में गुरुजी ने मुखलिस खाँ को यमपुरी पहुँचा दिया था। पैंदा खाँ और काले खाँ इकट्‌ठे हो गए और जब मुगलों ने गुरुजी पर आक्रमण किया तो दोनों उस मुगल सेना का नेतृत्व करनेवाले बने।

घर का भेदी लंका ढाए। पैंदा खाँ को यह भी भ्रम था कि उसकी बहादुरी और योग्यता के कारण ही अब तक श्री हरगोबिंदजी की सेना मुगलों से टक्कर लेती रही है। इसलिए यह लड़ाई एक प्रकार से भविष्य निर्धारित करनेवाली लड़ाई बन गई थी, लेकिन श्री हरगोविंदजी के लिए यह लड़ाई एक दूसरे कारण से भी महत्त्वपूर्ण हो गई थी। करतारपुर की लड़ाई में श्री हर गोविंदजी के साथ उनके सबसे छोटे सुपुत्र श्री त्यागमल (इस लड़ाई से पहले तेगबहादुरजी त्यागमल के नाम से ही जाने जाते थे। लड़ाई में अद्‌भुत कौशल का प्रदर्शन करने के कारण ही उनका नाम तेगबहादुर प्रसिद्ध हुआ) भी इस लड़ाई मे हिस्सा ले रहे थे। त्यागमलजी की यह अपने जीवन की पहली लड़ाई थी और अभी उनकी उम्र भी कुल जमा 13-14 साल थी। उन्होंने अभी तक युद्ध कला का प्रशिक्षण ही प्राप्त किया था। कभी प्रदर्शन का मौका नहीं मिला था। वैसे भी यह समझा जाता था कि त्यागमलजी की युद्ध की बजाय साधना,

तपस्या और ज्ञान के क्षेत्र में ज्यादा रुचि है। इसलिए युद्ध में त्यागमल के भाग लेने से यह लड़ाई गुरुघर के लिए अत्यंत महत्त्वपूर्ण हो गई थी। त्यागमलजी ने सचमुच इस युद्ध में अपनी वीरता का जबरदस्त प्रदर्शन किया। लेकिन साथ ही मानवीय मूल्यों की भी रक्षा की। त्यागमलजी के इस साहस, रणकौशल और बहादुरी के साथ-साथ क्षमाभाव की सर्वत्र चर्चा हो रही थी। करतारपुर की इस लड़ाई में त्यागमल का एक अलग ही स्वरूप सभी ने देखा था। उनके पिता श्री हर गोविंदजी इसके स्वरूप से इतने अभिभूत हुए कि उन्होंने उनका नाम त्यागमल की जगह 'तेगबहादुर' कर दिया। वे इतिहास में तेगबहादुर के नाम से ही प्रसिद्ध हुए।

शिवालक की उपत्यकाओं में कीरतपुर को प्रस्थान

करतारपुर की लड़ाई के बाद श्री हर गोविंदजी परिवार सहित कीरतपुर जाने का निर्णय ले लिया। अभी वे फगवाड़ा के पास ही पहुँचे थे कि मुगलों ने फिर हमला किया। ज्यादा नुकसान नहीं हुआ और गुरुजी सही सलामत कीरतपुर पहुँच गए। उन्होंने कई साल पहले बिलासपुर के राजा से कुछ जमीन खरीदकर वहाँ अपना निवास स्थान बना लिया था। यह एक प्रकार से उनका आश्रम ही था। इसी कीरतपुर में अपने पिताजी के साथ तेगबहादुरजी ने अपने जीवन का बहुमूल्य समय बिताया था। वे 13-14 साल की आयु में कीरतपुर आए थे और 24-25 साल की आयु तक यहीं रहे। उनके पिता श्री हरगोविंदजी ने भी अपने जीवन के अंतिम वर्षों मे अपना समय नाम ध्यान में व्यतीत करना शुरू कर दिया था। शारीरिक सुख के सभी साधनों का वे धीरे-धीरे परित्याग करते जा रहे थे। इसका तेगबहादुरजी के मानस पर गहरा प्रभाव हुआ। दरअसल तेगबहादुरजी के व्यक्तित्व निर्माण में उनके पिता के शौर्य, निडरता, साथ ही साथ साधना युक्त तपस्वी जीवन का ही हाथ है। ईसवी सन् 1638 में उनके बड़े भाई गुरुदित्ताजी का भी देहांत हो गया। गुरदित्ताजी के दो बेटे थे—श्री धीरमल और श्री हरि राय। श्री हरगोविंदजी ने करतारपुर में अपने पौत्र धीरमल को तुरंत सूचना भिजवाई कि उसके पिता का देहांत हो गया है और वह दाह संस्कार करने के लिए तुरंत कीरतपुर पहुँचें। वैसे भी रस्म पगड़ी के लिए बड़े सुपुत्र का वहाँ होना सामाजिक लिहाज से जरूरी था। गुरुजी ने यह संदेश भी दिया कि अपने साथ पोथी साहिब भी ले आए। पाँचवें गुरु श्री अर्जुन देवजी ने अब तक के सभी गुरुओं और देश भर के संतों की वाणी का जो संपादित संकलन तैयार किया था, उसे 'पोथी साहिब' कहा जाता था और वह पोथी धीरमल के पास थी। धीरमल को शायद

यह विश्वास था कि जिसके पास पोथी होगी, पंजाब में उसी को गुरु माना जाएगा। इसलिए किसी भी तरह यह पोथी किसी दूसरे के हाथ नहीं पड़नी चाहिए, यही उसकी रणनीति बनी। इस रणनीति में वह इतना दूर तक चला गया कि अपने पिता के दाह संस्कार पर भी नहीं आया। धीरमल के इस व्यवहार से श्री हरगोविंदजी का दु:खी होना स्वाभाविक ही था। यह ईश्वर की लीला ही कही जाएगी कि दोनों भाइयों धीरमल और हरिराय के व्यवहार, स्वभाव और संस्कार में जमीन-आसमान का अंतर था। हरि राय निर्लोभी, ज्ञानी और संतुष्ट प्रवृत्ति का था और धीरमल सांसारिक लाभ-हानि को ध्यान में रखकर जोड़-तोड़ करने में माहिर। गुरदित्ताजी के देहांत से तेगबहादुरजी को गहरा आघात लगा। गुरदित्ताजी भी संत स्वभाव के तपस्वी जीव थे। अब पाँच भाइयों में से केवल दो भाई ही बचे थे, तेगबहादुरजी और सूरजमलजी। धीरे-धीरे कीरतपुर पूरे सप्त सिंधु क्षेत्र में एक बहुत बड़े केंद्र के रूप में विकसित हो रहा था। जहाँ देश भर से लोग विचार विमर्श करने व मार्गदर्शन के लिए आने लगे थे। यह शस्त्र विद्या और शास्त्र विद्या के अध्ययन और प्रशिक्षण का केंद्र बन रहा था।

अपने जीवन के अंतिम दस वर्ष श्री हरगोविंदजी ने कीरतपुर में ही व्यतीत किए थे। बड़े बेटे गुरदित्ताजी के देहांत के छह साल बाद ही श्री हर गोविंदजी के परलोक गमन का समय आ गया। 1644 के फरवरी मास में ही उन्होंने अपनी इहलीला समाप्त होने का संकेत दे दिया। उन्होंने स्वयं ही घोषणा कर दी कि अब उनके जाने का वक्त आ गया है। लोगों में मानो दु:ख का सागर उमड़ पड़ा हो, लेकिन साथ ही एक जिज्ञासा भी कि गुरुजी अपना उत्तराधिकार किसे सौंपकर जाएँगे। उनके पाँच पुत्रों में से केवल दो पुत्र श्री सूरजमल और श्री तेगबहादुर ही जीवित थे। जैसा कि पहले संकेत दिया गया है, श्री सूरजमल सांसारिक वृत्ति के आदमी थे। गुरुघर की परंपराओं एवं विरासत में उनकी कोई रुचि नहीं थी। तेगबहादुरजी शस्त्र और शास्त्र दोनों में ही पारंगत थे। उच्चकोटि के साहित्यकार थे। स्थितप्रज्ञ स्वभाव के थे। लेकिन श्री हर गोविंदजी ने अपने सबसे बड़े बेटे श्री गुरदित्ताजी के छोटे पुत्र हरि रायजी को गुरु परंपरा का उत्तराधिकार सौंप देने का निर्णय कर लिया था। श्री हरि रायजी के बड़े भाई श्री धीरमल भी इस गद्दी के इच्छुक थे, लेकिन धीरमल के स्वभाव और वृत्ति को देखते हुए हरगोविंदजी उसको उत्तराधिकारी बनाने के पक्ष में नहीं थे। यही कारण था कि एक दिन उन्होंने अपने छोटे पौत्र श्री हरि रायजी को बुलाया और सभी के सामने उनकी झोली में पाँच पैसे और नारियल डाल, झुककर प्रणाम किया और फिर उन की प्रदक्षिणा करके परंपरा की विरासत उन्हें सौंप दी। इस प्रकार श्री हरिरायजी

दशगुरु परंपरा के सातवें गुरु हुए। हरि रायजी ने कीरतपुर में रहते हुए अपना नया दायित्व सँभाला।

श्री हरगोविंदजी ने जब अपने बड़े बेटे गुरुदित्ताजी के छोटे पुत्र श्री हरिरायजी को सातवाँ गुरु घोषित कर दिया तो श्री तेगबहादुरजी की माता नानकी देवीजी को आश्चर्य हुआ। आखिर गुरुजी ने अपने बेटे को, जो शस्त्र और शास्त्र दोनों में ही निपुण था अपना उत्तराधिकारी क्यों नहीं बनाया? माँ का हृदय! इस भाव में शायद वेदना कम थी और आश्चर्य ज्यादा था। लेकिन माता नानकीजी ने अपनी यह जिज्ञासा अपने पति से छिपाई नहीं। उन्होंने इसका कारण जानना चाहा। श्री हर गोविंदजी ने अपने बेटे तेगबहादुर को गुरुओं का भी गुरु बताया। उन्होंने नानकी देवीजी से यह आग्रह भी किया कि उनके परलोक गमन के बाद वे अपने बेटे को लेकर अपने पीहर बकाला चली जाएँ। तीन मार्च 1644 को श्री हर गोविंदजी ने अपना नश्वर शरीर त्याग दिया। नानकीजी अपने बेटे तेगबहादुरजी को लेकर बकाला ग्राम अपने पीहर आ गईं। कुछ इतिहासकार मानते हैं कि "करतारपुर की लड़ाई के बाद ही गुरु श्री हरगोविंद साहिबजी ने तेगबहादुरजी को प्रेरित किया कि वे अब अपने ननिहाल बकाला जाकर वहाँ भजन संध्या करें। इस आदेश का पालन करते हुए वे अपने माताजी और पत्नी गूजरीजी के साथ बकाला ग्राम में रहने लगे और नवम गुरु का पद ग्रहण करने तक वहीं रहे।" (तारण सिंह, गुरु तेगबहादुरजी, पृष्ठ 3) यदि इस मान्यता को स्वीकार कर लिया जाए तो तेगबहादुरजी बकाला में लगभग तीस साल रहे। यदि यह मान्यता स्वीकार की जाए कि अपने पिताजी के परलोकवास के बाद ही वे बकाला गए थे तो वे 11 अगस्त, 1664 को गुरुगद्दी मिलने तक वहाँ लगभग बीस साल रहे। वहाँ तेगबहादुरजी घोर साधना और तपस्या में लीन हो गए। आज भी उनकी स्मृति में वहाँ एक गुरुद्वारा है, जिसमें वह 'भौरा', जिसमें उन्होंने तपस्या की थी, सुरक्षित है। लेकिन इसका यह अर्थ नहीं कि वे अपने सांसारिक दायित्वों और कर्तव्य से किनारा कर गए थे। उन्होंने उनका भी उसी तत्परता से निर्वहन किया। यही नहीं, इसी कालखंड में उन्होंने देश में अनेक तीर्थस्थलों की यात्रा भी की।

□

द्वितीय अध्याय

बकाला काल और गुरुगद्दी मिलना

अपने पिता के परलोक सिधार जाने के बाद श्री तेगबहादुरजी परिवार सहित अपने ननिहाल बकाला चले गए थे। वे वहाँ लगभग बीस साल रहे। अभी तक यही माना जाता था कि 1664 में गुरुगद्दी मिलने तक श्री तेगबहादुरजी बकाला में ही रहे। लेकिन ज्ञानी गरजा सिंह द्वारा हरिद्वार के पंडों और बांगड क्षेत्र के भटों की बहियों पर किए गए शोध कार्य से दशगुरु परंपरा से संबंधित जो अमूल्य ऐतिहासिक खजाना मिला है, उससे पता चलता है कि तेगबहादुरजी बकाला में रहते हुए भी पूर्वोत्तर भारत में लंबी तीर्थ यात्रा पर गए थे। लेकिन इस तीर्थ यात्रा की चर्चा बाद में पहले औरंगजेब द्वारा सत्ता सँभालने के बाद हुए परिवर्तनों पर चर्चा की जाए। जिन दिनों गुरुजी बाबा बकाला में थे, उन्हीं दिनों पंजाब में गुरु घर में तेजी से घटनाएँ घट रही थीं। इनमें सबसे बड़ी घटना थी मुगल साम्राज्य के उत्तराधिकार की लड़ाई में गुरु हर रायजी द्वारा दारा शुकोह को प्रत्यक्ष या परोक्ष समर्थन करना। लेकिन इस प्रसंग को गहराई से समझना होगा।

दशगुरु परंपरा का मुगल साम्राज्य से टकराव तो पाँचवें गुरु श्री अर्जुन देवजी के कार्यकाल में ही शुरू हो गया था, लेकिन गुरु हरि रायजी ने इसकी दिशा और दशा दोनों को ही अपने ढंग से प्रभावित किया। वह घटना थी शाहजहाँ के बड़े बेटे और औरंगजेब के भाई दारा शुकोह का उपचार करना। औरंगजेब ने शासन सँभालने से पहले एक बार दारा शुकोह को जहर देकर मरवाने का प्रयास किया था। दारा शुकोह अपने भोजन में मिले भयंकर जहर से बीमार पड़ गया। मुल्ला-मौलवी और काजी इससे प्रसन्न थे। भारतीय संस्कृति की ओर अग्रसर एक धारा का अंत निश्चित था। विष इतना भयानक था कि बच पाने की उम्मीद कम ही थी। लेकिन दशगुरु परंपरा के सप्तम गुरु श्री हरि राय जी, जो आयुर्वेद के पंडित थे, ने आयुर्वेद पद्धति से

दारा शुकोह का इलाज करके उसे मरने से बचा लिया। लेकिन इससे पूर्व दारा शुकोह के प्रसंग के भीतरी तत्त्व को जान लेना जरूरी है।

मुगल शासकों का यह बहुत ही छोटा सा वर्ग यह मानने लगा था कि अब उन्हें भारत की विरासत से जुड़ना ही नहीं चाहिए, बल्कि अपना सांस्कृतिक भारतीयकरण भी करना चाहिए। दारा शुकोह शाहजहाँ की संतानों में सबसे बड़ा था, इससे वही राजगद्दी का उत्तराधिकारी था। लेकिन काजी, सैयद, मौलवी नहीं चाहते थे कि दारा शुकोह किसी भी तरीके से राज गद्दी तक पहुँचे। जिस गति से दारा शुकोह का सांस्कृतिक स्तर पर भारतीयकरण हो रहा था, उससे निश्चय ही दारा शुकोह को राज गद्दी दे देने का अर्थ एक बार फिर से भारत का शासन वैचारिक लिहाज से भारतीयों के पास आ जाना ही था। सैयद मौलवी उसे किसी भी हालत में राजगद्दी तक नहीं पहुँचने देंगे। इसको लेकर उस समय दो विचार समूह बन गए थे। पहला समूह उन मुल्ला-मौलवियों, राजदरबारियों, ए.टी.एम. मूल के मुसलमानों का था, जिनकी जड़ें किसी-न-किसी रूप में अरब प्रदेश या मध्य एशिया में लगी हुई हैं। दारा शुकोह का अपना भाई औरंगजेब भी इसी समूह का अगुआ था। औरंगजेब अपने मजहब में कट्टर तो था ही, वह सारे हिंदुस्तान को भी मोमिन बना लेना चाहता था। वास्तव में औरंगजेब उस धारा का प्रतीक या प्रतिनिधि बनकर उभरा था, जो भारत पर शारीरिक शासन ही नहीं करना चाहती थी, बल्कि यहाँ सांस्कृतिक साम्राज्यवाद भी थोपना चाहती थी। इसके विपरीत दारा शुकोह धारा ए.टी.एम. (अरब सैयद + तुर्क + मुगल मंगोल) का भी भारतीयकरण करना चाहती थी। विदेशी मुगल परंपरा की औरंगजेब धारा ने दारा शुकोह धारा का तार्किक स्तर पर मुकाबला करने या उसका उत्तर देने की बजाय उसका पशुबल से उत्तर देना ज्यादा आसान समझा। औरंगजेब ने अपने भाई दारा शुकोह को मारने के लिए उसके भोजन में जहर मिला दिया। यह घटना उत्तराधिकार की जंग से बहुत पहले की है। औरंगजेब ने दारा शुकोह की भारतीयकरण की विचार धारा को मारने के लिए जहर का प्रयोग किया, इसे फिर भी आसानी से समझा जा सकता है, क्योंकि औरंगजेब के पास सभी प्रश्नों का उत्तर पशुबल ही था। लेकिन सैयद मुल्ला-मौलवी भी औरंगजेब की इस रणनीति का समर्थन क्यों कर रहे थे? वे तो स्वयं को काजी भी मानते थे और उनका यह भी दावा था कि उनके पास इल्म व विज्ञान का भंडार है। दारा शुकोह को तर्क से उत्तर देने की बजाय हथियार से उत्तर क्यों दिया गया? जाहिर है, सैयद काजी-मौलवी भी भारत में इसलाम के प्रचार के लिए शासन के पशुबल का ही सहारा ले रहे थे।

दो धाराओं की इस टक्कर में दारा शुकोह का साथ देना एक प्रकार से भारत की सांस्कृतिक लिहाज से रक्षा करना ही था। परंतु मुगलों के राजनीतिक आतंक के उस युग में कोई भी दारा शुकोह की धारा के साथ आने को तैयार नहीं था। उस संकट काल में दशगुरु परंपरा ने दारा शुकोह की धारा का ऐतिहासिक महत्त्व पहचाना और उसका साथ दिया। प्रो. फौजा सिंह के अनुसार, "Guru Har Rai was thoroughly conversant with the internecine struggle mounting between the liberal and conservative wings of the Mughal empire. The conflict between Aurangzeb and Dara Shikoh was an offshoot of this very tension and the guru sympathised with Dara's cause. Dara conceded defeat at the hands of the fanatical forces of Aurangzeb. Therefore he sought shelter in Punjab and the guru mobilised his forces to fight for Dara, but the later gave up in despair and fled from the field Aurangzeb felt bitter about this alignment of the sikhs with his enemies and in retaliation adopted a harsh attitude towards them." (Fauja Singh & Gurbachan singh talib, Guru Tegh Bahadur-Martyr and teacher, page 7)

कहा जाता है कि गुरुजी से पूछा भी गया था कि मुगल साम्राज्य से तो इस गुरु परंपरा का विरोध गुरु नानक देवजी के समय से ही चल रहा है, फिर आप दारा शुकोह का समर्थन क्यों कर रहे हैं? कहा जाता है कि गुरुजी ने समझाया था कि यदि फूल एक हाथ से तोड़कर दूसरे हाथ में दे दिए जाएँ तो फूलों की सुगंध दोनों हाथों में से एक जैसी आने लगेगी। इसका क्या अभिप्राय है? दारा शुकोह भारतीय संस्कृति व विरासत से जुड़ गया था। यदि मुगल साम्राज्य में खिल आए इस अनोखे फूल को वहाँ से तोड़कर अन्यत्र स्थापित कर दिया जाए तो वहाँ से भी इस फूल की सुगंध आने लगेगी। यदि स्पष्टीकरण की इस दंतकथा को सच मान लिया जाए तो गुरुजी ने भारतीय सांस्कृतिक इतिहास की एक बहुत ही गहरी बात कह दी थी। शक और हूण भी अपनी विजातीय संस्कृति लेकर इस देश में आक्रमणकारी ही थे। लेकिन कालांतर में वे इस मिट्टी की सेंधी सुगंध से ही सरोवार हो गए। इतना ही नहीं, जहाँ से वे आए थे, उनकी यह नई सुगंध वहाँ तक भी फैली। मुगल साम्राज्य की भी यही स्थिति थी। यह विदेशी साम्राज्य इस देश पर कब्जा करके ही नहीं बैठा था, बल्कि यहाँ के निवासियों पर भीषण अत्याचार भी कर रहा था। यह साम्राज्य इस देश की मिट्टी से जुड़ने की बजाय अपनी विजातीय विदेशी सामी संस्कृति व सामाजिक व्यवस्था

इस देश पर लादने की कोशिश कर रहा था। यहाँ के लोगों का आर्थिक शोषण भी कर रहा था। अब उसी साम्राज्य में दारा शुकोह जैसा व्यक्ति पैदा हुआ है, जिसने इस देश की संस्कृति में स्वयं को सराबोर कर लिया है। यही कारण था कि गुरु हरि रायजी ने दारा शुकोह का समर्थन करने का निर्णय किया। देशकाल के अनुसार यह निर्णय सब प्रकार से उचित था। "औरंगजेब और दारा शुकोह का संघर्ष वास्तव में इस कट्टरपंथी और उदार विचारधारा का संघर्ष था और यह देश का दुर्भाग्य ही था कि उस संघर्ष में कट्टरता विजयी हुई और उदारता पराजित हुई।" (महीप सिंह, गुरु तेगबहादुर-जीवन और आदर्श, पृष्ठ 43) दारा शुकोह के इन प्रसंगों के कारण गुरु हरि रायजी को मुगल शासकों के कोप का शिकार भी होना पड़ा। यह कथा प्रसिद्ध है कि सत्ता सँभालने पर औरंगजेब ने किसी बहाने उन्हें दिल्ली बुला भेजा। इसका कारण औरंगजेब के मन में दारा शुकोह को बचाने का पूर्व प्रसंग ही हो सकता था।

दरअसल छठे गुरु श्री हरगोविंदजी के देहांत के बाद औरंगजेब का प्रयास रहा कि किसी तरह दशगुरु परंपरा की इस सांस्कृतिक लहर को या तो समाप्त कर दिया जाए या फिर नियंत्रित कर लिया जाए। इसके दो ही तरीके हो सकते थे। बलपूर्वक इस परंपरा का दमन करना। यह रास्ता पंचम गुरु श्री अर्जुन देवजी की शहादत से शुरू हुआ था। लेकिन इसकी प्रतिक्रिया वैसी नहीं हुई, जिसकी कल्पना विदेशी मुगल साम्राज्य ने की थी। भय व निराशा का स्थान नई चुनौती का सामना करने की तैयारियों ने ले लिया था। श्री हरगोविंदजी ने तो चार लड़ाइयों में मुगल शासकों की सेना को पराजित किया। इसलिए औरंगजेब ने दूसरा रास्ता अपनाया। गुरुगद्दी के उत्तराधिकारियों में दरारें डालने का और डराने धमकाने का। श्री हरि रायजी को इसी उद्देश्य से दिल्ली आने का आदेश दिया गया था। लेकिन उन्होंने जाने से साफ इनकार कर दिया। राजा राम सिंह के बीच में पड़ने पर उन्होंने अपने सुपुत्र राम रायजी को दिल्ली भेजा, ताकि यह न मान लिया जाए कि दशगुरु परंपरा बौद्धिक स्तर पर मुगल साम्राज्य का सामना करने में सक्षम नहीं है। वैसे भी मुगल साम्राज्य का सैनिक स्तर पर सामना करने के लिए अभी समय दरकार था। गुरु हरिरायजी अभी उसमें लगे हुए थे। राम रायजी के औरंगजेब और उनके मुल्ला मौलवियों के साथ अनेक विषयों पर संवाद हुआ। औरंगजेब ने ढेरों प्रश्न उछाल दिए। कठिन अग्निपरीक्षा हुई। "गुरुओं की दिव्य शक्तियों से पूरित राम राय ने सभी अग्निपरीक्षाओं को सफलता से पार किया।" (मोहिंदर पाल कोहली, गुरु तेगबहादुर, पृष्ठ 17) लेकिन शायद उनके साथियों ने राम रायजी द्वारा आत्मबल से की गई

साधना क्रियाओं को चमत्कार मान लिया और खबर कीरतपुर तक पहुँचा दी। राम राय मुल्ला-मौलवियों का कितना समाधान कर पाए या नहीं, यह मुख्य प्रश्न नहीं है, बल्कि परंपरा के श्रद्धालुओं में ही एक शब्द की व्याख्या को लेकर विवाद खड़ा हो गया। मौलवियों ने अभियोग लगाया कि पूर्ववर्ती गुरुओं की वाणी के एक पद 'मिट्टी मुसलमान की' में मुसलमानों की निंदा की गई है। औरंगजेब ने राम राय से इसका स्पष्टीकरण माँगा। राम राय विकट परिस्थिति में फँस गए थे। दशगुरु परंपरा के पाँचवें गुरु श्री अर्जुन देवजी मुगल सत्ता का शिकार हो चुके थे। श्री हर गोविंदजी अपने जीवन काल में मुगलों से लंबी लड़ाइयाँ लड़ते रहे थे। आगे की लड़ाइयों की अभी शुरुआत की जा सकती थी या फिर तैयारियों के लिए समय दरकार था? न जाने श्री राम रायजी के मन में इस प्रकार के कितने सवाल उमड़-घुमड़ रहे होंगे। लेकिन इन सभी सवालों को ध्यान में रखकर उनका उत्तर तो राम रायजी को स्वयं ही देना था। उन्होंने औरंगजेब को उत्तर दिया कि मूल पाठ में 'बेईमान' शब्द है। जब श्री हरिरायजी को इस बात का पता चला कि उनके बेटे ने गुरुओं की वाणी की व्याख्या लीक से हटकर कर दी तो वे बहुत दुःखी हुए। राम राय भी शायद अपने इस निर्णय से संतुष्ट नहीं थे। वे वापस अपने पिता के पास न आकर शिवालक की उपत्यकाओं में बसे देहरादून में जमीन लेकर आश्रम बनाकर जनसेवा के कार्य में समर्पित हो गए। दिल्ली में जब यह सारी उठा-पटक चल रही थी, भट्ट बहियों के अनुसार श्री तेगबहादुरजी उस समय अपने परिवार सहित पटना में थे। 6 अक्तूबर, 1661 को सातवें गुरु श्री हरिरायजी का 31 साल की आयु में देहांत हो गया। उन्होंने मृत्यु से पूर्व अपने पाँच वर्षीय पुत्र श्री हरि कृष्णजी को गुरुगद्दी सौंप दी। उसके बाद राम रायजी ने न तो उत्तराधिकार का कोई दावा और न ही दिल्ली रहना मुनासिब समझा। उन द्वारा उत्तराधिकार के दावे या इच्छा का कोई पुख्ता प्रमाण सामने नहीं है। औरंगजेब जरूर चाहता होगा कि राम रायजी ऐसा दावा करें, ताकि मुगल साम्राज्य को गुरु परंपरा के आंतरिक मामलों में दखलंदाजी का बहाना मिल सके; लेकिन राम रायजी ने यह बहाना उसे नहीं दिया, लेकिन मुगल साम्राज्य को लेकर सैयदों द्वारा लिखे ग्रंथों में यह प्रचारित किया जाने लगा कि मुगल साम्राज्य को तो गुरु परंपरा के घरेलू विवादों के कारण निर्णय लेने पड़ते थे। यह मुगल साम्राज्य के माथे पर लगे कलंक को गुरु परिवार के ही सदस्यों व स्थानीय लोगों के माथे मढ़ने की साजिश थी।

औरंगजेब को दशगुरु परंपरा को समाप्त या प्रभावहीन करने का यह अनुकूल समय लगा। राम रायजी देहरादून में जा बैठे थे। हरि कृष्णजी की आयु ही कुल

मिलाकर पाँच साल थी। प्रहार करने का इससे उपयुक्त समय भला और कौन सा हो सकता था। इसलिए उसने श्री हर कृष्णजी को भी दिल्ली आने के लिए कहा। जाहिर है कि लोगों को शंका होती कि मुगल कोई-न-कोई शरारत करेंगे। यह सचमुच सप्त सिंधु क्षेत्र में जड़ें पकड़ रही इस नई चेतना पर बहुत बड़ा संकट था। समाधान क्या हो सकता था? गुरु घर से जुड़े सभी हितचिंतक चिंतित हो उठे। क्या हरि कृष्णजी को दिल्ली न भेजा जाए? लेकिन यदि गुरु हरि कृष्णजी दिल्ली न गए तो उन्हें राजकोप का सामना करना पड़ सकता था। क्या मुगल सत्ता से टकराने का यह उचित समय था? इसका उत्तर शायद राजस्थान के जयपुर नरेश कछवाहा राजपूत मिर्जा जय सिंह से बेहतर कोई नहीं जानता था। जय सिंह औरंगजेब के दरबारियों में से थे। उस समय राजस्थान के कुछ राजा मुगल दरबार के साथ जुड़ चुके थे। कितने मन से जुड़े थे और कितने हालात का सामना न कर पाने के कारण जुड़े थे, इसका उत्तर आज दे पाना कठिन है, लेकिन इतिहास इस बात का साक्षी है कि जय सिंह अपनी इस भूमिका में सदा दोलायमान रहे। वे औरंगजेब के दरबारी भी थे और मानसिक रूप से दशगुरु परंपरा के पक्षधर भी थे। उनकी इस परंपरा में श्रद्धा थी। इसलिए जय सिंह ने बीच का रास्ता निकाला। साँप मर जाए और लाठी भी न टूटे। वे गुरु हरिकृष्णजी को दिल्ली तो ले गए, लेकिन उन्हें औरंगजेब के पास न ले जाकर अपने निवास स्थान पर ही रखा। (आजकल उसी स्थान पर गुरुद्वारा बँगला साहिब है) उसके बाद तो गुरुजी का औरंगजेब के सम्मुख जाने का अवसर ही नहीं आया। कुछ दिनों में ही दिल्ली में चेचक का कहर टूट पड़ा और दुर्भाग्यवश बालक हरिकृष्णजी भी इसका शिकार हो गए। आसन्न मृत्यु देखकर शिष्यों ने अगले गुरु के बारे में पूछा। उन्होंने किसी का नाम तो नहीं बताया, लेकिन संकेत किया कि बाबा बकाला। इससे यह तो साफ था कि नवम गुरु बकाला ग्राम में ही हैं, लेकिन कौन है, इसका उत्तर नहीं था। 30 मार्च, 1664 को श्री हरि कृष्णजी ने अपनी जीवन-यात्रा पूरी की। उस समय उनकी आयु मात्र आठ साल थी।

भट्ट बहियों के अनुसार पटना में ही श्री तेगबहादुरजी को यह दुःखद सूचना मिली कि सातवें गुरु श्री हरिरायजी का कीरतपुर में 6 अक्तूबर, 1661 को देहांत हो गया। श्री हरिरायजी ने मृत्यु से पूर्व अपने पाँच साल के पुत्र श्री हर कृष्णजी को गद्दी सौंप दी थी। इसपर उन्होंने तुरंत कीरतपुर जाकर शोक संतप्त परिवार के साथ दुःख बाँटने का निर्णय किया और वापसी यात्रा शुरू की। लेकिन उन्होंने अपनी धर्मपत्नी को पटना में ही रहने दिया और अपनी माता नानकीजी सहित वे 3 जनवरी, 1663

को प्रयागराज पहुँच गए। वहीं उन्हें पता चला कि आठवें गुरु श्री हरिकिशनजी दिल्ली आए हुए हैं। अत: वे कीरतपुर जाने के स्थान पर 21 मार्च, 1664 को दिल्ली पहुँचे। वे शोकाकुल परिवार से मिले और उन्हें धीरज बँधवाया। वहीं श्री राम रायजी भी आए हुए थे। उन्होंने तेगबहादुरजी को पिछले कुछ वर्षों की सभी घटनाओं से अवगत करवाया। उसके बाद वे अपनी माताजी सहित वापस बकाला पहुँच गए।

नवम गुरु की खोज

उधर चारों ओर शोर मच गया था कि नौवें गुरु बकाला में ही मिलेंगे। यह तो अरसा पहले ही निश्चित हो चुका था कि गुरुगद्दी सोढ़ी वंश में ही रहेगी। इसलिए सोढ़ी गुरुओं के परिवारों से संबंध रखनेवाले अनेक सोढ़ियों ने बकाला में अपने-अपने डेरे जमा लिये और स्वयं को गुरु या फिर गुरुगद्दी का दावेदार प्रचारित करना शुरू कर दिया। कहा जाता है, वहाँ गुरु पद के बाईस दावेदार अपना-अपना डेरा जमाकर बैठ गए थे। अभी तक गुरुगद्दी सौंपे जाने के दो ही तरीके थे, पहले तरीके से गुरु नानकदेवजी ने या फिर उनके परवर्ती उत्तराधिकारियों ने योग्यता के आधार पर अपने शिष्यों में से किसी को गद्दी प्रदान की थी। उसके बाद दूसरी परंपरा शुरू हुई कि गुरुगद्दी सोढ़ी वंश में ही रहेगी, लेकिन यह निश्चित नहीं था कि गद्दी बड़े बेटे को ही मिलेगी। वंश या परिवार के किसी अन्य शिष्य को भी योग्यता के आधर पर गद्दीनशीन किया जा सकता था। सातवें गुरु श्री हरिरायजी इसी पद्धति से गुरुगद्दी के उत्तराधिकारी बने थे। दशगुरु परंपरा के चौथे गुरु श्री रामदासजी तक तो विरासत का उत्तराधिकार योग्यता के आधार पर होता था, लेकिन उससे आगे यह उत्तराधिकार सोढ़ी वंश में ही सीमित हो गया था। लेकिन उसमें भी चयन का अधिकार योग्यता ही था। यह आवश्यक नहीं की सबसे बड़ा सुपुत्र स्वत: ही उत्तराधिकारी हो जाएगा। पुत्रों में से भी चयन योग्यता के आधार पर होता था। छठे गुरु हर गोविंदजी ने तो गुरुगद्दी अपने पुत्र को सौंपने के स्थान पर अपने पौत्र को दी थी। सातवें गुरु श्री हरिरायजी ने भी गुरुगद्दी अपने बड़े बेटे श्री राम राय को देने के बजाय अपने पाँच वर्षीय पुत्र श्री हरिकिशनजी को दी थी। गोविंद नाथ राजगुरु भी यही मानते हैं। उनके अनुसार, "पैतृक संपत्ति होते हुए भी गुरु पद पर प्रतिष्ठित करते समय व्यक्ति विशेष की साधना, तपस्या, आध्यात्मिक क्षमता तथा संत वृत्ति आदि अनेक चरित्रगत विशेषताओं को ध्यान में रखा जाता था। ज्येष्ठ पुत्र के होते हुए भी मँझले या छोटे पुत्र को योग्यता तथा सद्गुणों के आधार पर

गुरुपद दिया जाता रहा है।" (हरिजी सोढ़ी, गोष्ठी गुरु मिहरिवानु, पृष्ठ 30) लेकिन पहली बार दशगुरु परंपरा एक बिल्कुल नई स्थिति का सामना कर रही थी। आठवें गुरु श्री हरिकृष्णजी ने अपने उत्तराधिकारी का नाम नहीं बताया, केवल स्थान का संकेत किया, जहाँ नवम गुरु मिल सकते थे। जैसा कि विदित है, वहाँ गुरु घर से संबंधित सोढ़ी वंश के बाईस दावेदार बैठे थे। जिस ढंग से दावेदारी जताई जा रही थी और मसंद भी इन्हीं दावेदारों से मिले हुए थे। लेकिन उनमें से योग्य एवं सही उत्तराधिकारी कैसे चुना जाए, यह सबसे बड़ा यक्ष-प्रश्न था। उस प्रकार से श्री तेगबहादुरजी न तो दावेदारी जता रहे थे और न ही दावेदार थे। लेकिन फिर भी उनका योग्यता के आधार पर चयन हुआ। प्रो. मनमोहन सहगल इसे प्रजातांत्रिक प्रणाली से चयन मानते हैं। उनके अनुसार, "स्वयं गुरुजी के जीवन में प्रजातांत्रिक आदर्शों को देखा जा सकता है। आठवें गुरु श्री हरिकिशनजी के बाबा बकाला वाले संकेत से जब गुरुगद्दी की घोषणा हुई तो बड़े स्पष्ट और सामान्य रूप में गुरु तेगबहादुरजी के अनेक विरोधियों के होते हुए भी सही या गलत का चुनाव जनता को सौंप दिया।" (मनमोहन सहगल, गुरु तेगबहादुर की समकालीन प्रासंगिकता, रमेश कुंतल मेघ (संपादक) के नवम गुरु पर बारह निबंध में संकलित, पृष्ठ 167)

आठवें गुरु ने स्थान का तो स्पष्ट संकेत कर दिया था, लेकिन उसके बाद सन्नाटा था। यह ठीक है कि उन्होंने बाबा शब्द का प्रयोग किया था, लेकिन इस शब्द का अर्थ स्पष्ट नहीं था। यह सम्मानसूचक शब्द भी माना जाता है। इसका यह अर्थ भी निकलता था कि जो बाबा बकाला ग्राम में रहता है। लेकिन भ्रम की स्थिति तो उत्पन्न हो ही गई थी और कई दावेदार निकल आए। अलबत्ता इतना निश्चित था कि नौवें गुरु बकाला गाँव में मिलेंगे। इसलिए श्रद्धालुओं ने बकाला जाना प्रारंभ कर दिया। वहाँ सोढ़ी वंश के अनेक लोग, जिनका किसी-न-किसी प्रकार से गुरु परंपरा के महापुरुषों से संबंध था, अपने अपने डेरे बनाकर बैठे थे। कहा जाता है, ऐसे बाईस डेरे वहाँ हो गए थे। धीर मल सब में अग्रणी था। प्रत्येक के अपने-अपने श्रद्धालु भी थे। जनता बकाला में श्रद्धा सुमन अर्पित करने के लिए जाती तो थी, लेकिन भ्रम की स्थिति बनी हुई थी। अलबत्ता इतना जरूर हुआ कि बकाला ग्राम ही तीर्थ स्थान बन गया था। उस धरती पर जाकर शिष्यों को सुकून मिलता था।

कुछ विद्वानों ने इस कथा के रिक्त स्थान को भट बहियों (भट बही तलौंडा) के आधार पर भर दिया है। इस कथा के अनुसार 11 अगस्त, 1664 को दिल्ली से संगत के कुछ प्रमुख जन दीवान दरघा मल के नेतृत्व में बकाला पहुँचे। वहाँ दरघा मल

ने बाकायदा दीवान सजाकर यह घोषणा की कि आठवें गुरु ने श्री तेगबहादुरजी को अपना उत्तराधिकारी बनाया था। पाँच पैसे और नारियल उनको अर्पित कर गुरुगद्दी देने की रस्म पूरी कर दी। उसके बाद बाबा बुढ़ाजी के बेटे बाबा गुरदित्ता रंधावाजी ने गुरुजी के माथे पर तिलक लगाकर रस्म पूरी कर दी, लेकिन इससे समस्या का समाधान नहीं निकला। दावेदारों के दावे पूर्ववत् बने रहे, फिर तेगबहादुरजी तो दावेदारों में से थे ही नहीं। दावा करना ही इनके स्वभाव और साधु वृत्ति के विपरीत था। वे 21 अगस्त, 1664 को गुरु हर रायजी की बेटी और गुरु हर किशनजी की बहन रूप कौर से अफसोस करने के लिए बकाला से चलकर कीरतपुर पहुँचे। परिवार में हुई इन दुःखद घटनाओं पर शोक प्रकट कर और पारिवारिक सदस्यों को सांत्वना देकर वे वापस बकाला आ गए।

फिर एक ऐसी घटना घटी, जिसने इस भ्रम के कोहरे को क्षण भर में छिन्न-भिन्न कर दिया। यह घटना एक व्यवसायी मक्खन शाह लबाना से ताल्लुक रखती थी। मक्खन शाह आयात निर्यात का काम करता था। समुद्री मार्ग से दूर-दूर के देशों से सामान लेकर आता था। इस कारण उसको लंबे समय तक बाहर रहना पड़ता था। एक बार उसका माल से लदा जहाज समुद्र की भँवरों में फँस गया। जहाज अब डूबा कि अब डूबा। लाभ की बात तो दूर, यहाँ तो प्राणों के ही लाले पड़ गए। उसने उसी समय संकल्प किया कि यदि जहाज डूबने से बच जाए और सही-सलामत किनारे पर पहुँच जाए तो वह गुरुजी को पाँच सौ स्वर्ण मुद्राएँ अर्पित करेगा। सागर शांत हो गया और उसका जहाज सही सलामत सूरत बंदरगाह पहुँच गया। वह गुरुजी के चरणों में भेंट अर्पित करने के लिए पंजाब पहुँचा, लेकिन यहाँ वह एक नए संकट में फँस गया था। आखिर स्वर्ण मुद्राएँ भेंट किसको करे? आठवें गुरु स्वर्गवास हो चुके थे और नौवें गुरु कौन हैं, इसका अभी निर्णय नहीं हो पा रहा था, फिर भी उसको इतना पता तो लग ही गया था कि नवम गुरु जो भी हों, लेकिन वे हैं बकाला ग्राम में ही। इसलिए वह भी बकाला ग्राम की तीर्थयात्रा के लिए चल पड़ा। 9 अक्तूबर, 1664 को दीवाली के उत्सव पर मक्खन शाह लवाना बकाला पहुँचा था। सोढ़ियों के अनेक डेरे सजे हुए थे। प्रत्येक स्वयं को गुरु बता रहा था। मक्खन शाह हर डेरे पर गया। किसी को एक और किसी को दो स्वर्ण मुद्राएँ भेंट भी कीं। सबने चुपचाप स्वीकार भी कर लीं, लेकिन मक्खन शाह का मन शांत नहीं हुआ। आखिर इनमें से कौन असली गुरु है, जिसका संकेत आठवें गुरु ने किया होगा? पाँच सौ मुद्राएँ अर्पित किए बिना वह वापस भी तो नहीं जा सकता था, आखिर उसका तो अपने

व्यवसाय के लिए समुद्र में आना-जाना लगा ही रहेगा। इसी ऊहापोह में मन अशांत था। उसने वैसे ही किसी से पूछ लिया, भाई कोई और महापुरुष यहाँ रह तो नहीं गया, जिसके डेरे पर मैं मस्तक निभाने जा न सका हूँ? उसे पता चला, एक और महापुरुष हैं, जो 'भौरे' में बैठकर साधना कर रहे हैं, स्थितप्रज्ञ। सांसारिक मोहमाया से परे, निर्लोभी चित्त। मक्खन शाह उनके साधना स्थल पर भी पहुँचा। यह साधना स्थल श्री तेगबहादुरजी का था। मक्खन शाह ने उनके चरणों में भी शीश नवाया और दो स्वर्ण मुद्राएँ अर्पित की। तेगबहादुरजी ने हँसकर कहा, "मक्खन शाह, बात तो पाँच सौ मुद्राओं की हुई थी न?" मक्खन शाह भौचक्का रह गया। उसने क्षण भर की देरी किए बिना स्वर्ण मुद्राओं से भरी झोली ढेरी कर दी और भागता हुआ छत पर चढ़कर चिल्लाने लगा, "गुरु लाधो रे, गुरु लाधो रे।" (गुरु मिल गए। गुरु मिल गए) जिसको गाँव के लोग तेगा दीवाना कहकर पुकारते थे, वे नहीं जानते थे कि इसी दीवाने तेगबहादुर ने हिंद की चादर बनना था। (प्यारा सिंह पद्‌म, वाणी गुरु तेगबहादुर, पटियाला, भाषा विभाग, 1970, पृष्ठ भूमिका ग) यह घटना अगस्त 1664 की थी और पंजाब में सबसे ज्यादा प्रचलित घटना यही है। नौवें गुरु की तलाश समाप्त हुई।

श्री तेगबहादुरजी को विशाल जनसमुदाय से मान्यता मिल गई, लेकिन नवम गुरु के बारे में फैली अनिश्चितता का लाभ उठाकर जो दूसरे दावेदार थे, उनको बहुत निराशा हुई। धीरमल और उसके साथियों की निराशा तो इतनी थी कि उनके एक समर्थक मसंद शीहाँ ने तो क्रोध और हताशा में तेगबहादुरजी पर गोली ही चला दी। गुरुजी बाल-बाल बच गए। इस आक्रमण से मानो सारा बकाला ही उत्तेजित हो उठा। उन्होंने धीरमल के निवास पर हमला कर दिया। सारा सामान छीन लिया। यहाँ तक कि परंपरा से धीरमल के परिवार के पास जो आदि ग्रंथ की प्रति थी, उसे भी छीन लिया, लेकिन तेगबहादुरजी तो हर स्थिति में सम रहनेवाले व्यक्ति थे। उन्होंने लूटपाट करनेवालों को निर्देश दिया कि सारा सामान धीरमल को वापस कर दें। इतना ही नहीं, आदि ग्रंथ की प्रति भी उसे सम्मानपूर्वक वापस कर दी। (वह ग्रंथ अब तक सोढ़ी वंश के उस परिवार के पास सुरक्षित है) लेकिन इस घटना से श्री तेगबहादुरजी को इतना आभास तो हो ही गया कि भविष्य की खुराफातों से बचने के लिए इस स्थान को छोड़ देना ही उचित रहेगा।

□

तृतीय अध्याय

आनंदपुर की स्थापना

गुरु का दायित्व सँभालने के बाद कुछ महीने तक तो वे बकाला में रहकर संगत से मिलते रहे और आशीर्वाद देते रहे, लेकिन जल्दी ही उन्हें अमृतसर से निमंत्रण आने लगे कि वे वहाँ आकर उन्हें दर्शन दें। बकाला में दीवाली का उत्सव मनाने के बाद उन्होंने नवंबर 1664 को अमृतसर की ओर प्रस्थान किया था। बकाला से तरनतारन, खंडूर साहिब और गोइंदवाल होते हुए वे अमृतसर पहुँचे। गुरुजी का तो जन्म भी अमृतसर में हुआ था और बचपन भी यहीं बीता था, लेकिन अब अमृतसर में परिस्थितियाँ अनुकूल दिखाई नहीं दे रही थीं। दरअसल अमृतसर में पिछले लंबे अरसे से दशगुरु परंपरा के किसी भी गुरु को अनेकानेक कारणों से जाने का अवसर नहीं मिला था। छठे गुरु श्री हरगोविंदजी ने भी अमृतसर छोड़ने के बाद अपना अधिकांश जीवन कीरतपुर में ही बिताया था। उनके बाद सप्तम गुरु श्री हरिरायजी और अष्टम गुरु श्री हरिकृष्णजी में से कोई भी अमृतसर में नहीं आ पाया था। अमृतसर में पृथी चंद के प्रपौत्र हरिजी का निवास था। इसी कालखंड में मसंदों ने एक प्रकार से हरिमंदिर पर नियंत्रण कर लिया था। जब श्री तेगबहादुरजी अमृतसर की ओर आ रहे थे तो स्वाभाविक ही मसंदों को इसकी सूचना मिल गई। मसंदों को लगा कि यदि तेगबहादुरजी अमृतसर में रहने लगे तो उनका प्रभाव निश्चय ही बढ़ेगा और मसंदों का स्वर्ण मंदिर पर से नियंत्रण समाप्त होने लगेगा। उन्होंने सोचा कि तेगबहादुरजी यहाँ कब्जा करने के लिए आ रहे हैं। कुछ इतिहासकार यह मानते हैं कि हरिजी तो गुरुजी से प्रार्थना करने आए थे कि वे हरि मंदिर में चलें, लेकिन मसंदों ने कपाट बंद कर दिए थे। यह भी इतिहास का विचित्र संयोग ही कहा जाएगा कि उन्होंने हरि मंदिर के कपाट नवम गुरु के लिए बंद कर दिए। गुरुजी के साथ उनके अनेक श्रद्धालु भी थे। ऐसा भी कहा जाता है कि मक्खन शाह लबाना, जिसने सबसे पहले 'गुरु लाधो

रे, गुरु लाधो रे' का घोष किया था, अपने साथियों समेत गुरुजी के साथ था। उसने गुरुजी के आगे यह प्रस्ताव भी रखा कि वे बलपूर्वक अंदर जा सकते हैं। गुरुजी ने इस प्रस्ताव को सख्ती से मना कर दिया। हरिमंदिर मन की शांति व ध्यान का स्थान है। यह कोई संपत्ति नहीं है, जिस पर बलपूर्वक कब्जा करना है, फिर गुरुवाणी तो 'घट घट बासी' के संकल्प में विश्वास करती है। गुरुजी ने सरोवर में स्नान-ध्यान किया और हरिमंदिर के बाहर ही एक वृक्ष के नीचे एक थड़े पर बैठ गए। आजकल वहाँ इस घटना की स्मृति में गुरुद्वारा बना हुआ है। वहाँ से गुरुजी बकाला वापस जाने के लिए चल पड़े। कुछ दूर जाकर एक स्थान पर विश्राम करने के लिए थोड़ा रुक गए। वहाँ आजकल एक बहुत ही सुंदर गुरुद्वारा दमदमा साहिब उनकी स्मृति में बना हुआ है।

वहाँ से वल्ला गाँव के लोग गुरुजी को अपने गाँव ले गए। गुरुजी ने वहाँ माई हरिआं के घर में विश्राम किया। कालांतर में वल्लां में भी गुरुजी की स्मृति में एक गुरुद्वारा निर्माण किया गया। उधर अमृतसर में लोगों को सूचना मिलते भला कितनी देर लगती कि गुरुजी को हरिमंदिर के अंदर नहीं जाने दिया गया। नगर की अनेक महिलाएँ यह जानकर गुरुजी के दर्शन के लिए आईं। वे उनके लिए भोजन भी लेकर आईं। उन्होंने हरिमंदिर के मसंदों के व्यवहार के लिए क्षमा माँगी। वे चाहती थीं कि गुरुजी नगर के लोगों के साथ हरिमंदिर चलें। वे लोग मसंदों को हरिमंदिर के कपाट खोलने के लिए विवश कर देंगे, लेकिन गुरुजी ने यह सब करने से मना कर दिया। ऐसा प्रस्ताव तो मक्खन शाह लबाना भी दे चुका था। गुरुजी को आध्यात्मिक क्षेत्र में ऐसा व्यवहार स्वीकार नहीं था। उधर अमृतसर में मसंदों को बाद में अपना यह व्यवहार निश्चित ही अनुचित लगा होगा या कम-से-कम उन्हें यह विश्वास तो हो ही गया होगा कि गुरुजी की मंशा कब्जा करने की नहीं थी, वे तो श्रद्धा भाव से गुरुवाणी का श्रवण ही करना चाहते थे। इसलिए वे सभी मिलकर वल्लां गाँव में पहुँचे और अपने बुरे व्यवहार के लिए गुरुजी से क्षमा-याचना की तथा हरिमंदिर में चलने का आग्रह किया। गुरुजी उनके आग्रह पर पुनः हरिमंदिर पहुँचे और वहाँ मस्तक निभाया। गुरुजी वल्ला गाँव में तीन दिन रहे, फिर अपनी अमृतसर यात्रा पूरी करने के उपरांत खंडूर साहिब होते हुए गुरुजी बरास्ता गोइंदवाल वापस बकाला चले गए।

कीरतपुर की यात्रा

बकाला में उन्हें कीरतपुर से अष्टम गुरु श्री हरि किशनजी के माता सुलखनीजी का एक पत्र मिला। जिसमें इस बात पर चिंता प्रकट की गई थी, वहाँ भी कुछ मसंदों ने अपने अड्डे जमा लिये हैं। इसलिए माताजी ने आग्रह किया था कि गुरुजी कीरतपुर

आकर गुरुगद्दी से संबंधित उत्तराधिकार संबंधी वस्तुएँ सँभाल लें। साथ ही यह भी कहा गया था कि गुरुजी आगे से करतारपुर को केंद्र बनाकर कार्य संचालन करें। माताजी का यह आदेश पाकर गुरुजी ने परिवार समेत कीरतपुर जाने का निर्णय कर लिया, लेकिन इसके लिए उन्होंने मालवा और बाँगड़ प्रदेश का लंबा रास्ता चुना। वे अमृतसर से खंडूर साहिब, गोइंदवाल, तरनतारन होते हुए खेमकरन पहुँचे। वहाँ से व्यास को पार कर उन्हें मालवा क्षेत्र में प्रवेश करना था, लेकिन यहाँ एक विचित्र घटना घटी। चरनदास नाम के एक श्रद्धालु उनके सामने आकर नतमस्तक हुए और उनके आगे श्री गुरुग्रंथ साहिब की एक हस्तलिखित प्रति भेंट की। गुरुजी ने इसके बारे में पूछा तो चरनदास ने बताया कि यह प्रति धीरमल के हाथ प्राप्त हुई थी। आपने आदेश दिया था कि धीरमल के निवास से लूटा हुआ सारा सामान वापस किया जाए तो हमने सारा सामान उसको लौटा दिया था, लेकिन हमारे मत से श्री ग्रंथ साहिब की यह प्रति, वर्तमान में जो भी परंपरा का गुरु है, उसके पास ही होनी चाहिए, इसलिए हमने यह उसे वापस नहीं दी। अब हम इसे आपके सुपुर्द करने आए हैं, लेकिन गुरुजी ने फिर भी आदेश दिया कि वे यह प्रति तुरंत धीरमल को वापस करके आएँ। (श्री गुरुग्रंथ साहिब की वह हस्तलिखित प्रति अभी भी धीरमल के वंशजों के पास सुरक्षित है)

गुरुजी व्यास नदी पार करके हजारा गाँव पहुँच गए। हजारा से सतलुज को पार कर वे बठिंडा में लक्खी जंगल पहुँचे। वहाँ से मार्च 1665 में तलबंडी साबो पहुँचे। तलबंडी साबो से बाँगड़ प्रदेश में धमतान पहुँचे। धमतान में ही उन्होंने बैसाखी का पर्व मनाया। अनेक गाँवों से होते हुए वे अप्रैल के अंतिम सप्ताह कीरतपुर पहुँच गए, तभी बिलासपुर का दीवान कीरतपुर आया और उसने बताया कि राजा दीपचंद का 28 अप्रैल, 1665 को देहांत हो गया है और 13 मई को सत्रहवीं है, जिसमें विधवा रानी चंपा देवी (कुछ स्थानों पर उसका नाम पुष्पा देवी बताया गया है) ने गुरुजी को आने के लिए निवेदन किया है। बिलासपुर राजवंश के साथ गुरु परंपरा के अच्छे संबंध थे, अतः कीरतपुर से गुरुजी ने बिलासपुर को प्रस्थान किया। वहाँ कुछ दिन रहे। गुरुजी के मन में अपना निवास स्थान और अपनी समग्र गतिविधियों का केंद्र बनाने के लिए मंथन चल रहा था। उनके पिता एवं छठे गुरु पहले ही शिवालक की उपत्यकाओं में कीरतपुर में अपना निवास बना चुके थे, जो सप्त सिंधु क्षेत्र में मुगल आक्रांताओं के अत्याचारों का सामना करने के विचार-विमर्श का बहुत बड़ा केंद्र बन चुका था। तेगबहादुरजी का स्वयं का किशोरकाल भी यहीं बीता था। हर लिहाज से पहाड़ियों से घिरा कीरतपुर भावी नीति के लिए उपयुक्त स्थान था। लेकिन अब कीरतपुर में भी वातावरण शांत नहीं

था। वहाँ भी पारिवारिक उठापटक की आँच अनुभव होने लगी थी। खासकर मसंदों ने अनेक स्थानों की संगतों पर नियंत्रण कर लिया था और वे गुरु घर के पारिवारिक मामलों में भी दखलंदाजी करने लगे थे। संगत को गुमराह तो कर ही रहे थे। कीरतपुर में भी उनका साया पड़ने लगा था। कुछ मसंद मुगल साम्राज्य से भी मिले हो सकते थे। धीरमल गुरुगद्दी का इच्छुक था, लेकिन न तो उसको वह पारिवारिक परंपरा से मिली और न ही बकाला में योग्यता के आधार पर। उसने इस यथार्थ को कितना स्वीकार किया था और कितना नहीं। इसके बारे में भी कुछ कहना मुश्किल था। यह सब देखते-बूझते गुरुजी किसी अन्य स्थान की तलाश कर रहे थे। यह भी चर्चा थी कि गुरुजी कीरतपुर के स्थान पर बाँगड़ प्रदेश के धमतान में रहने के बारे में सोच रहे हैं। जब दिवंगत राजा की पत्नी चंपा देवी को इसका पता चला तो उसने आग्रह किया कि आप कहलूर रियासत में रहें। रानी ने गुरुजी को माखोवाल में रहने का सुझाव दिया और उसके लिए जमीन भी भेंट दी। माखोवाल का स्थान तो गुरुजी को पसंद आया। सतलुज के पास पर्वत-श्रृंखलाओं से घिरा अत्यंत रम्य स्थल। यह स्थान सामरिक दृष्टि से भी उपयुक्त था। इसके चारों ओर जंगल था। जंगल के साथ-साथ कई बरसाती नाले भी थे। दो ओर से चरण गंगा सुरक्षा कर रही थी। एक ओर सतलुज नदी बहती थी। तीसरी ओर केशगढ़ का पहाड़ था और पीछे रियासत बिलासपुर के पहाड़ और जंगल थे। उस समय चक्क नानकी और नैनां देवी के बीच घना जंगल था। इसी प्रकार केशगढ़ और आनंदगढ़ तक एक विशाल पर्वत भी नगर की रक्षा करता था। इस तरह यह क्षेत्र शांत, एकांत और अमन-अमानवाला था। धार्मिक व आध्यात्मिक शांति को कोई यहाँ भंग नहीं कर सकता था। भूमि उर्वरा थी। प्रकृति दुश्मन से इस क्षेत्र की रक्षा करती थी। रानी चंपा देवी जमीन निःशुल्क देना चाहती थीं, लेकिन गुरुजी को निःशुल्क जमीन लेना स्वीकार्य नहीं था, तब रानी ने पाँच सौ रुपए प्रतीक रूप में स्वीकार कर लिये। इस नए नगर का नाम क्या रखा जाए? गुरुजी ने अपने माताजी के नाम पर नए नगर का नाम 'चक्क नानकी' रखा। इस प्रकार सतलुज नदी के किनारे माखोवाल में 19 जून, 1665 सोमवार को चक्क नानकी के नाम से एक नए नगर का शिलान्यास हुआ। नगर का शिलान्यास गुरदित्ता रंधावा ने विधि-विधान से किया। निर्माण कार्य शुरू हो गया। यही माखोवाल कालांतर में 'आनंदपुर' नाम से विश्वविख्यात हुआ। गुरुजी मध्य जून से लेकर मध्य सितंबर तक लगभग तीन महीने यहाँ रहे। उसके बाद उन्होंने पूर्वोत्तर भारत की यात्रा की तैयारी शुरू कर दी।

□

चतुर्थ अध्याय

पूर्वोत्तर यात्रा व मुगलों का असम फतह अभियान

मध्यकालीन दशगुरु परंपरा के प्रथम गुरु श्री नानकदेवजी ने भारत में विदेशी सल्तनत साम्राज्य के अंत और मुगल साम्राज्य के प्रारंभ के दिनों में पूरे देश में लंबी लोकचेतना यात्राएँ की थीं। अनेक स्थानों पर केंद्र स्थापित किए थे, ताकि इन यात्राओं की उपलब्धि को स्थायी रूप से सँभाला जा सके। उसके बाद अनेकानेक कारणों से परवर्ती गुरु इन स्थानों पर पुनः जा नहीं पाए थे। तेगबहादुरजी को ईस्वी सन् 1664 में परंपरा के नवम गुरु के रूप में गुरुगद्दी प्राप्त हुई तो उन्होंने शिवालिक की पहाड़ियों में सतलुज के किनारे एक नया गाँव स्थापित किया, जो आजकल आनंदपुर साहिब के रूप में विख्यात है। वहाँ निवास स्थान बनाने के उपरांत उन्होंने पूर्वोत्तर भारत के उन सभी स्थानों की यात्रा करने का निर्णय किया, जहाँ-जहाँ प्रथम गुरु श्री नानकदेवजी गए थे। उसके बाद अनेकानेक कारणों से परवर्ती गुरु इन स्थानों पर पुनः जा नहीं पाए थे। नवम गुरु तेगबहादुरजी ने उस अभियान के फिर से प्रारंभ करने का निर्णय किया, जैसे ही गुरुजी की इस तीर्थयात्रा योजना की खबर पंजाब में फैली तो मालवा से अनेक श्रद्धालु आनंदपुर पहुँचे और गुरुजी से प्रार्थना की कि वे मालवा क्षेत्र से होते हुए यात्रा करें। मध्य पंजाब और माझा क्षेत्र गुरुजी पहले ही देख चुके थे। इसलिए श्रद्धालुओं की प्रार्थना स्वीकार करते हुए आनंदपुर की सारी व्यवस्था श्री मनी रामजी, श्री गुरदित्ताजी और भाई सती दासजी को सौंपकर वे अपने परिवार समेत मालवा क्षेत्र से होते हुए पूर्वोत्तर की ओर चले। (यही कारण है कि मालवा क्षेत्र में आज भी सर्वाधिक गुरुधाम श्री तेगबहादुरजी की स्मृति को ही समर्पित हैं।) यह यात्रा अगस्त या सितंबर के अंत

1665 को शुरू हुई थी। आनंदपुर से श्री तेगबहादुरजी मालवा और बाँगड़ प्रदेश की यात्रा पर निकले। गुरुजी ने अपनी मालवा यात्राओं में अनेक सामाजिक व जन-कल्याणकारी योजनाओं का निष्पादन किया। स्थान-स्थान पर कुएँ खुदवाए, तालाबों की सफाई करवाई, नए तालाब खुदवाए, धर्मशालाएँ बनवाईं, वृक्ष लगवाए, मिल-जुलकर रहने का उपदेश दिया, नाम स्मरण का महत्त्व समझाया, एकता का महत्त्व प्रस्थापित किया। गली-सड़ी रूढ़ियों से छुटकारा पाने की ओर संकेत किया, श्रम का महत्त्व समझाया। सबसे बढ़कर जाति-पाँति के बंधनों से मुक्त होकर एकत्व की जरूरत बताई।

लेकिन उसके साथ ही मालवा क्षेत्र में उस समय सक्रिय सैयदों के डेरों को भी प्रभावहीन किया। दरअसल (दशगुरु परंपरा) के प्रचार का काम मालवा में अभी उस स्तर पर शुरू नहीं हुआ था, जिस स्तर से सरवरियों के मजबूत आधार को नष्ट करने की आवश्यकता थी। यह काम गुरु तेगबहादुरजी को करना था। (सुखदियाल सिंह, पंजाब का इतिहास भाग पाँच, पटियाला, पंजाबी विश्वविद्यालय, 2012, पृष्ठ 152) अरबों, तुर्कों और मंगोल मुगलों के आक्रमणों के कारण भारत इसलामीकरण की जद में भी आ गया था। शासकों द्वारा भारतीयों का मतांतरण कर उन्हें इसलाम संप्रदाय में शामिल किया जा रहा था। दुर्भाग्य से यह सब विदेशी शासकों द्वारा पशुबल से किया जा रहा था। इस इसलामीकरण का सबसे ज्यादा शिकार सप्त सिंधु या पश्चिमोत्तर भारत हो रहा था। जिस समय गुरु नानकदेवजी ने इस क्षेत्र में दशगुरु परंपरा की शुरुआत की थी, उस समय पश्चिमोत्तर भारत में सैयद मौलवियों के बहुत डेरे थे, जो स्थानीय लोगों को डरा-धमकाकर मुसलमान बनाने के काम में जुटे हुए थे। प्रथम गुरु नानकदेवजी ने अपनी यात्राओं के दौरान सैयदों के ऐसे अनेक डेरों को निष्प्रभावी किया था, लेकिन पंजाब के मालवा क्षेत्र में अब भी सरवरियों के डेरों का बहुत जोर था। इनका संस्थापक मुलतान का एक सैयद अहमद शाह था। इस सैयद का मूल स्थान बगदाद था। सैयद अहमद शाह तो काल प्रवाह में सुपुर्दे खाक हो गया, लेकिन उसके डेरा की शाखाएँ सारे पंजाब में फैल गई थीं। सैयदों के इन डेरों के संचालक अपने आप को सुल्तान या सखी सरवर कहते थे। जाहिर है, ये डेरे मतांतरण का काम ही करते थे। तेगबहादुरजी ने भी पंजाब के मालवा क्षेत्र में लंबे अरसे से चल रहे ऐसे ही कई डेरों के पाखंड को निष्प्रभावी किया।

ऐसा कहा जाता है कि गुरुजी पटियाला से होते हुए टोहाना के समीप धमतान

नामक ग्राम (यह ग्राम अब हरियाणा में है) में पहुँचे थे और उन्होंने वहीं दीवाली मनाई। मुगल शासन आशंकित हो उठा था। गुरुजी स्थान पर विशाल जनसमुदाय को संबोधित कर रहे थे। सियारुल मुताखरीन में सैयद मीर हुसैन गुरुजी के इस प्रवास के बारे में महत्त्वपूर्ण सूचना देता है, "वह (तेगबहादुरजी) बहुत से सिखों को एकत्र करके शक्तिशाली हो गया था। कई हजार आदमी सदैव उसके साथ रहा करते थे।" (प्यारा सिंह पद्म, वाणी गुरु तेगबहादुर, पटियाला, भाषा विभाग, 1970, पृष्ठ भूमिका घ में उद्धृत)। गुरुजी की यह यात्रा मुगल सत्ता के लिए असहनीय हो रही थी। परिणामस्वरूप दीवाली के कुछ दिन बाद ही 8 नवंबर, 1665 को आलम खान रुहेला की सैनिक टुकड़ी ने गुरुजी को धमतान से ही बंदी बनाकर दिल्ली भेज दिया। औरंगजेब ने तेगबहादुरजी को जयपुर के मिर्जा राजा जय सिंह के सुपुत्र राम सिंह के जीरे निगरानी बंदीखाने में डाल दिया। औरंगजेब की नीयत के संकेत और स्पष्ट होने लगे थे, वैसे तो ये संकेत सप्तम गुरु हरिरायजी के कार्यकाल से ही मिल रहे थे। औरंगजेब बार-बार गुरुओं को दिल्ली आने के आदेश जारी कर रहा था। मुगल शासक जहाँगीर ने अर्जुन देवजी को शहीद करके दशगुरु परंपरा को समाप्त करना चाहा था, अब औरंगजेब साम, दाम, दंड, भेद का सहारा लेकर इस अभियान को समाप्त करना चाहता था। जयपुर राजघराना, जैसे कि ऊपर संकेत दिया जा चुका है, गुरु घर का श्रद्धालु था। राम सिंह ने अपनी जिम्मेदारी पर एक मास के उपरांत गुरु तेगबहादुरजी को 13 दिसंबर, 1665 को मुक्त कर दिया। धमतान में गिरफ्तारी का इंदराज भट बहियों में है। मुक्त होने पर गुरुजी दिल्ली से यमुना पार कर मथुरा से होते हुए अपनी पूर्व निर्धारित यात्रा पर चल पड़े। उन्होंने वही रास्ता चुना, जिस पर पूर्वकाल में गुरु नानकदेवजी के पदचिह्न दिखाई दे रहे थे। पहोवा-कुरुक्षेत्र की यात्रा करते हुए वे हरिद्वार पहुँचे। गढ़मुक्तेश्वर होते हुए मथुरा, वृंदावन पहुँचे। उसके बाद प्रयागराज आए। प्रयागराज से चलकर काशीजी आए। वहाँ से सासाराम होते हुए गयाजी पधारे। गया से गुरुजी मई 1666 को पटना पहुँचे, लेकिन परिवार को लेकर आगे की यात्रा करना कठिन हो गया। उनकी पत्नी गर्भवती थीं। उस अवस्था में यात्रा करना संभव ही नहीं था, अतः परिवार की पटना में ही रहने की व्यवस्था कर उन्होंने आगे की यात्रा जारी रखी। पटना से वे मुंगेर पहुँचे। वहाँ से अनेक स्थानों से होते हुए वे अक्तूबर 1666 में ढाका पहुँचे। ढाका में ही उन्हें पटना से अपने बेटे गोविंद राय के जन्म की सूचना मिली।

इस पूरी यात्रा में वे हर स्थान पर अपना शिविर लगाते थे। लोगों से मिलते-

जुलते थे। स्थानीय व देशीय समस्याओं पर विचार-विमर्श होता था। स्थानीय लोग ही यात्रा की सारी व्यवस्था करते थे। इस व्यवस्था के लिए गुरुजी ने स्थानीय संगत को हुकमनामे भी जारी किए। यह यात्रा गुरु नानकजी द्वारा अपने कार्यकाल में शुरू की गई लोकचेतना यात्रा और उसके प्रभाव को पुनः जीवंत करना, उन सभी क्षेत्रों के श्रद्धालुओं से संबंधों को पुनः सुदृढ़ करना, उन क्षेत्रों के व्यवस्थापकों या मसंदों से भेंट कर पूरे आंदोलन में नई ऊर्जा पैदा करना, देश के इन हिस्सों के जनमत को स्वयं समझने-बूझने के लिए ही थी। इसमें कोई संशय ही नहीं कि तेगबहादुरजी यह सब करने में सक्षम थे और उन्होंने ऐसा किया भी। मुगलों का साम्राज्य असम के द्वार तक जा पहुँचा था। बंगाल का पतन तो वर्षों पहले हो चुका था। बहुत से स्थानीय लोग भी मुगलों के मजहब में शामिल होकर उनके साथ मिल गए थे। अनेक राजपूत राजा भी मुगलों के साथ चल निकले थे। गुरुजी के भीतर का कवि अपनी अभिव्यक्ति से असंभव को संभव बना सकता था। वे स्वयं स्थान-स्थान पर जाकर संदेश दे रहे थे—

भै काहू कउ देत नहि, नहि भै मानत आनि।
कहु नानक सुन रे मना, ज्ञानी ताहि बखानि॥

शायद यह देश में आनेवाली विपत्तियों का सामना करने की तैयारी थी।

औरंगजेब की असम फतह की योजना

इसे इतिहास का संयोग ही कहना चाहिए कि जिस समय गुरु तेगबहादुरजी पूर्वोत्तर भारत की यात्रा पर निकले, उसके पूरे दो साल बाद जनवरी 1668 को जयपुर नरेश मिर्जा राजा राम सिंह के नेतृत्व में औरंगजेब की सेना असम को फतह करने के अपने अभियान में निकली। दरअसल असम लंबे अरसे से मुगल साम्राज्य की आँख की किरकिरी बना हुआ था। मुगलों ने असम को हड़पने के कई प्रयास किए। इसमें उसने कोच और अहोमों के आपसी वैमनस्य का भी लाभ उठाया। 1662 में मुगल सेना ने मीर जुमला के नेतृत्व में असम पर आक्रमण करके गुवाहाटी समेत अहोम राज्य के बड़े भू-भाग पर कब्जा कर लिया था। इतना ही नहीं, अहोम राजवंश को मुगल शासन के साथ अत्यंत अपमानजनक शर्तों पर संधि भी करनी पड़ी। उस समय अहोम राज्य का शासक जयध्वज सिंह था। 1663 में जयध्वज सिंह के देहांत के बाद चक्रध्वज सिंह की ताजपोशी हुई। उसने मुगलों से गुवाहाटी समेत असम को मुक्त करवाने के लिए पुनः अभियान शुरू कर दिया।

इसकी कमान लचित बडफूकन को दी गई। 1667 के बीतते-बीतते गुवाहाटी समेत असम के अधिकांश हिस्सों को मुक्त करवा लिया गया। औरंगजेब ने पुनः असम पर कब्जा कर लेने की रणनीति बनाई और जयपुर के मिर्जा राजा जय सिंह (जिसकी 28 अगस्त, 1667 को बुरहानपुर में मौत हो चुकी थी) के सुपुत्र राजा राम सिंह को गुवाहाटी जाने का आदेश दिया। राजा राम सिंह की गुरु तेगबहादुरजी से मुलाकात ढाका में हुई। जयपुर का राजघराना गुरुघर का श्रद्धालु था। राजा राम सिंह ने सुन रखा था कि असम काला जादू के लिए विख्यात है। उसे लगा कि गुरुजी सिद्धपुरुष हैं, यदि ये उसके साथ जाएँगे तो वह काले जादू के प्रभाव से बचा रहेगा। गुरुजी तो जा ही असम की ओर रहे थे। उन्हें धूबडी जाना था, जहाँ अरसा पहले गुरु नानक देवजी गए थे। राम सिंह को भी धूबडी से पंद्रह-बीस मील दूर रंगमती दुर्ग में डेरा डालना था। इसलिए दोनों ने एक ओर ही प्रस्थान किया। वे फरवरी 1669 में वहाँ पहुँचे।

पंजाब में धुबड़ी की एक दंतकथा प्रसिद्ध है कि वहाँ किसी धोबिन ने बीस फीट का एक बड़ा पत्थर गुरुजी पर फेंका, लेकिन वह गुरुजी को न लगकर पास की जमीन में धँस गया। धुबड़ी में इस प्रकार का एक बड़ा पत्थर, जो आधा जमीन में धँसा हुआ है, अभी भी विद्यमान है। कहा जाता है, वह धोबिन जादू जानती थी, उसने वह भारी-भरकम पत्थर जादू से ही हवा में उछालकर गुरुजी की ओर फेंका था। बाद में एक वृक्ष उखाड़कर गुरुजी की ओर फेंका, लेकिन जब उसे गुरुजी की असलियत मालूम हुई तो उसने क्षमायाचना की और कहा कि वह गुरुजी को कोई विदेशी समझी थी। असम पर औरंगजेब की सेना ने हमला किया है, यह तो आमजन को पता ही थी। इसलिए कोई भी बाहरी व्यक्ति संदेह का शिकार हो सकता था, लेकिन जैसे ही धोबिन को या स्थानीय लोगों को इस बात का इल्म हुआ होगा कि ये तो एक आध्यात्मिक पुरुष हैं, जिनका औरंगजेब की सेना से कुछ लेना-देना नहीं है तो उन्होंने क्षमा-याचना की होगी। यह भी कहा जाता है कि उस धोबिन के कारण ही गाँव का नाम धुबड़ी पड़ा। राम सिंह और गुरु तेगबहादुरजी लगभग एक साथ धुबड़ी व रंगमती पहुँचे थे, इसलिए यह चर्चा फैल गई कि गुरुजी औरंगजेब की सेना की सहायता के लिए आए हैं। कालांतर में यह चर्चा भी होने लगी कि गुरुजी ने राम सिंह और असम पक्ष की संधि करवा दी थी। गुरुजी ने दोनों पक्षों को यह सुझाव जरूर दिया होगा, दोनों पक्ष हिंदू हैं। आपस में लड़कर विदेशी मुगल सत्ता को लाभ क्यों पहुँचा रहे हो? इतिहास में ऐसी किसी संधि का उल्लेख भी

नहीं है। कुछ समय धुबड़ी और उसके आसपास के क्षेत्रों में प्रचार करते हुए गुरुजी 1670 में वापस पटना के लिए चल पड़े। औरंगजेब की सेना की 1671 में असम सेना के हाथों सरायघाट के स्थान पर भयंकर पराजय हुई। इंदु भूषण बनर्जी के अनुसार, "यह कहना कठिन है कि दोनों घटनाओं, अर्थात् गुरुजी की पूर्व की यात्रा और राजा राम सिंह के असम अभियान का आपस में कैसे घालमेल हो गया?" (इंदु भूषण बनर्जी, खालसा दी उत्पत्ति भाग दूसरा, पृष्ठ 56) गुरुजी की पूर्वोत्तर भारत की यात्रा कहीं-न-कहीं भारत के सामान्यजन को विदेशी सत्ता के प्रति जाग्रत् करने व उसमें नई चेतना फूँकने के लिए थी। वे स्वयं एक बार देश की स्थिति का जायजा ले लेना चाहते थे। इसी यात्रा में उन्होंने असम प्रदेश के लोगों का 'विदेशी मुगल सत्ता' से लड़ने का आश्चर्यजनक भाव स्वयं अपनी आँखों से देखा। सप्त सिंधु क्षेत्र में भी दशगुरु परंपरा ने दो शताब्दी पहले ही यह भाव जाग्रत् करना शुरू कर दिया था। परंपरा के पहले गुरु श्री नानक देवजी की बाबरवाणी में इसी चुनौती के बीज छिपे थे, जो अब अंकुरित होने शुरू हो गए थे। नवम गुरु की लगभग आधे भारतवर्ष में की गई लंबी यात्राओं ने खालसा पंथ का बीजारोपण कर दिया था और उस धरती को कालांतर में अपने रक्त से सींच भी दिया था। खालसा पंथ को साकार स्वरूप बाद में उनके सुपुत्र दशम गुरु गोविंद सिंहजी ने दिया।

□

पंचम अध्याय

आनंदपुर बना विचार-विमर्श और भावी रणनीति का नया केंद्र

पटना पहुँचकर वे अपने परिवार से मिले। कुछ दिन वहाँ रुककर वे पंजाब की ओर चल दिए। पश्चिमोत्तर भारत में औरंगजेब के अत्याचार दिन-प्रति-दिन बढ़ ही रहे थे। 1669 में जब गुरुजी ढाका में थे और राम सिंह औरंगजेब की सेनापति के तौर असम फतह करने के लिए जा रहा था, उसी समय औरंगजेब की सेना काशी में विश्वनाथ का मंदिर तोड़ रही थी। पूर्वी भारत की यात्रा से गुरुजी परिवार समेत 20 जून, 1670 को वापस दिल्ली आ गए। कुछ देर वहाँ रहे और वहाँ से अनेक स्थानों की यात्रा करते हुए अक्तूबर 1670 को आनंदपुर साहिब में आ गए, लेकिन उनका परिवार अभी पटना में ही था। आनंदपुर में लगभग साल भर रहकर गुरुजी स्थानीय परिस्थितियों से भी अच्छी तरह परिचित हो गए और पारिवारिक झगड़े भी काफी सीमा तक शांत हो चुके थे। गुरुजी की अपनी स्थिति भी समाज में मजबूत व मान्य हो चुकी थी। इसलिए गुरुजी ने पटना से अपना परिवार भी बुला लिया। गुरुजी के परिवार ने फरवरी 1672 को पटना से प्रस्थान किया और प्रयागराज, अयोध्या, लखनऊ, हरिद्वार, मथुरा व वृंदावन होते हुए गरमियों में लखनौर पहुँचा। लखनौर में ही वर्षा ऋतु व्यतीत की और उसके बाद आनंदपुर पहुँचा। आनंदपुर में सारी व्यवस्था सुव्यवस्थित करने के बाद गुरुजी 1973 में कुछ समय के लिए मालवा व बाँगड़ प्रदेश में भी गए।

गुरुजी की उपस्थिति से धीरे-धीरे आनंदपुर विचार-विमर्श के एक सशक्त केंद्र के रूप में उभरने लगा था। औरंगजेब का शासन था। मुगल शासन के भारतीयों पर अत्याचार देश भर में तेज हो गए थे। भारतीयों के मतांतरण की गति बहुत ही तेज

हो गई थी। सप्त सिंधु क्षेत्र में ही वर्तमान खैबर पख्तूनखवा, बलूचिस्तान, पंजाब व सिंध का अधिकांश क्षेत्र मतांतरित हो ही चुका था, लेकिन अब औरंगजेब बचा हुआ काम भी निपटा लेना चाहता था। मुगल सत्ता का सामना कैसे किया जाए? मतांतरण को कैसे रोका जाए, ताकि मूल पहचान सुरक्षित रह सके? कश्मीर घाटी में शाहमीर और चक वंशियों का राज समाप्त हो चुका था। ये दोनों वंश चाहे अपने मूल पंथ को त्यागकर इसलाम को स्वीकार कर चुके थे, लेकिन फिर भी कहीं-न-कहीं अपनी मूल जड़ों से पूरी तरह पूरी तरह कटे नहीं थे। बुतशिकन सिकंदर के शासन काल को छोड़कर, जिसने बलपूर्वक कश्मीरियों को इसलाम मत अपनाने के लिए विवश किया था, शाहमीरी वंश के किसी दूसरे शासकों ने उतने अत्याचार नहीं किए थे। अलबत्ता विदेशी सैयदों का मजहबी शिकंजा उन पर धीरे-धीरे जरूर कसने लगा था, परंतु अब तो कश्मीर में शाहमीर राजवंश और चक शासन के दिन समाप्त हो गए थे और वहाँ भी विदेशी मुगल सत्ता ने कब्जा कर लिया था। पंजाब में औरंगजेब के बारे में प्रसिद्ध था कि वह सवा मन जनेऊ उतरवाए बिना पानी नहीं पीता था। गुरुजी के पास देश के हर हिस्से से समाचार आ रहे थे। बंगाल, बिहार और असम की यात्रा तो वे स्वयं ही कर आए थे। उसको कैसे रोका जाए, आनंदपुर में इन्हीं यक्ष प्रश्नों पर विचार होता था। इन्हीं समस्याओं पर विचार करने और प्रतिरोध के तरीके खोजने के लिए 25 मई, 1675 को 16 कश्मीरियों का एक प्रतिनिधिमंडल मटन क्षेत्र के पंडित कृपा राम के नेतृत्व में आया हुआ था। कई दिनों तक विचार-विमर्श होता रहा। गुरु तेगबहादुरजी के सामने विकट स्थिति थी। वे समझ गए थे कि इस अत्याचारी विदेशी सत्ता की नींव हिलाने के लिए किसी-न-किसी महापुरुष को अपना बलिदान देना पड़ेगा, लेकिन यह प्रयोग खतरे से भरा हुआ भी हो सकता था। उस बलिदान से मुगल सत्ता का आतंक आम भारतीयों पर और ज्यादा गहरा भी हो सकता था। यह भय पैदा हो सकता था कि जिस सत्ता ने इतने बड़े महापुरुष की हत्या में हिचकिचाहट नहीं दिखाई, वह विदेशी अत्याचारी सत्ता का विरोध कर रहे आम भारतीय के साथ कैसा व्यवहार करेगी? यह भावना देश में सत्ता के आतंक को और गहरा कर सकती थी, लेकिन इस आत्मबलिदान का प्रभाव दूसरी प्रकार से भी हो सकता था।

इस आत्मबलिदान से भारत में नई चेतना व ऊर्जा की वह चिनगारी प्रज्वलित हो सकती थी, जो भविष्य में मुगल सत्ता को जलाकर राख कर सकती थी। यह ऊहापोह की स्थिति थी, लेकिन देश के जनमानस को श्री तेगबहादुरजी से बेहतर कौन जान सकता था? वे अभी देश के अधिकांश हिस्से में स्वयं होकर आए थे। जनसाधारण से

मिले थे। पूर्वोत्तर में अहोम मुगल सत्ता को सख्त चुनौती दे रहे थे। दक्षिण में मराठों ने मुगलों को नानी याद करवा दी थी। यह ठीक है कि राजपूताना में बहुत से राजा मुगलों से मिल गए थे, लेकिन राजपूतों का ही दूसरा समूह मुगलों को टक्कर दे रहा था। महाराणा प्रताप अकबर काल में ही हल्दीघाटी रच चुके थे। इधर पश्चिमोत्तर भारत में भी दशगुरु परंपरा के पूर्ववर्ती गुरुओं ने एक नई जागृति पैदा कर दी थी। प्रथम गुरु श्री नानक देवजी तो हिंदुस्तान से बाहर मक्का तक जाकर आए थे। श्री हरगोविंदजी ने मीरी–पीरी का संकल्प देकर श्री नानक देवजी के संकल्प को क्रियान्वित करने की दिशा में बड़ा कदम उठाया था। अब नवम गुरु तेगबहादुरजी को उस अभियान को उसकी अंतिम परिणति तक पहुँचाना था। इसी चिंतन का केंद्र आनंदपुर बन गया था। समाधान के रास्ते तलाशे जा रहे थे। समाधान भी उसी सप्त सिंधु क्षेत्र से निकल सकता था, जिस रास्ते से होकर मध्य एशिया से ये हमलावर भारत में घुसे थे। अपनी साधना, तपस्या और जनसंपर्क के अनुभव से गुरु तेगबहादुरजी ने रास्ता तलाश लिया था, लेकिन वह रास्ता देश और धर्म की रक्षा के लिए किसी महापुरुष के आत्म–बलिदान की माँग करता था। इसलिए वे आँखें बंद कर गहरी सोच में डूबे हुए थे। पिता को चिंतित देख उनके बेटे गोविंद राय ने पिता से चिंता कारण पूछा। पिता ने समस्या बताई और उसका समाधान भी बताया। किसी महापुरुष को मुगल सत्ता का सामना करने के लिए अपना बलिदान देना पड़ेगा। बालक गोविंद राय ने उत्तर दिया, आपसे बड़ा महापुरुष इस समय हिंदुस्थान में और कौन है? गुरु तेगबहादुरजी को अपने प्रश्न का उत्तर मिल गया था, अब उन्हें देश के भविष्य की चिंता नहीं थी। इसका उत्तर उनके बेटे ने दे दिया था।

उनके बलिदान के बाद स्थितियाँ कैसी होंगी, इसका सही अनुमान भी उन्होंने लगा लिया था। उनके आत्म बलिदान के बाद उनके सुपुत्र को काम कैसे सँभालना है, इसका संकेत भी स्पष्ट था। सफलता का सबसे बड़ा मंत्र है, उचित समय की प्रतीक्षा। गुरु तेगबहादुरजी के जीवन में वह समय आ गया था। औरंगजेब को संदेश भिजवा दिया गया, "यदि तेगबहादुर अपना पंथ छोड़पर इसलाम का पंथ स्वीकार कर लेंगे तो शेष लोग भी मुसलमान हो जाएँगे।" औरंगजेब को लगा कि यह बहुत सरल उपाय है। एक व्यक्ति को इसलाम में दीक्षित कर लेने से देश के बाकी लोग भी इसलाम पंथ को अपना लेंगे, इससे अच्छा मौका और क्या हो सकता है। गुरुजी मुगल सत्ता को चुनौती देते हुए अपने कुछ साथियों के साथ दिल्ली की ओर चल दिए। □

षष्ठम अध्याय

दिल्ली प्रस्थान और आत्म-बलिदान

मुगल साम्राज्य के अत्याचारों से संपूर्ण भारत त्रस्त था। हिंदुस्थान को दारुल इसलाम, यानी इसलाम को माननेवाला देश बना देना, उसके शासकीय एजेंडा में शामिल था। इस उद्‌देश्य की पूर्ति के लिए हर हरबे का इस्तेमाल किया जा रहा था और इधर गुरु तेगबहादुरजी ने औरंगजेब को जो संदेश भिजवाया था, उसकी खबर चारों ओर फैल गई। गुरुजी के निर्णय ने सभी को स्तब्ध कर दिया था। लोग जानते थे कि गुरुजी किसी भी स्थिति में अपना पंथ छोड़कर इसलाम पंथ में मतांतरित नहीं होंगे। और वे यह भी अनुमान लगा सकते थे कि औरंगजेब गुरुजी को इसलाम में मतांतरित किए बिना मानेगा नहीं। इसलिए देश भर में चारों ओर हलचल और उत्तेजना फैली हुई थी, लेकिन गुरुजी दूर भविष्य में देख रहे थे। एक नया सूर्य। एक नया प्रभात। जिसकी कल्पना प्रथम गुरु श्री नानक देवजी ने शताब्दियों पहले कर ली थी। उसी समय जब उन्होंने बाबरवाणी में आक्रमणकारी मुगलों को चुनौती दी थी।

गुरुजी ने 11 जुलाई, 1675 को अपने तीन साथियों भाई मतीदास, भाई सतीदास और भाई दिआलाजी के साथ आनंदपुर साहिब से दिल्ली की ओर प्रस्थान किया। लाला दौलत राय लिखता है—“पहले तो कातिल मकतूल को मारने उसके पास जाता था। पर यह पहली बार हो रहा था कि मकतूल स्वयं चलकर कातिल के पास जा रहा था। गुरुजी ने उलटी गंगा बहा दी थी। वे जहाँ से भी निकलते, वहीं लोगों में अपार उत्साह ठाठें मारने लगता। लगता था, लोगों के मन से मुगल सत्ता का भय काफूर होने लगा था, लेकिन औरंगजेब नहीं चाहता था कि गुरुजी लोक चेतना जाग्रत् करते हुए दिल्ली पहुँचें। इसलिए उसने उन्हें रास्ते में से ही गिरफ्तार कर दिल्ली लाने के आदेश जारी कर दिए। गुरुजी अगले दिन मलकपुर रँगड़ा पहुँचे तो रोपड़ के दरोगा नूर मोहम्मद ने उन्हें उनके तीनों साथियों समेत गिरफ्तार कर लिया और सरहिंद के

अधिकारियों के सुपुर्द कर दिया। चार मास तक वे बस्सी पठानां के कैदखाने में नजरबंद रहे। उसके बाद उन्हें साथियों समेत औरंगजेब के आदेशानुसार दिल्ली पहुँचा दिया गया। वहाँ वे आठ दिन कोतवाली में बंदी रहे। दिल्ली में अजीब हलचल थी। यमुना में भी उफान आनेवाला था। मुगल साम्राज्य के सामने बहुत बड़ी चुनौती थी।

यह चुनौती तो प्रथम गुरु श्री नानकदेवजी ने ही बाबरवाणी में दे दी थी। पाँचवें गुरु श्री अर्जुनदेव तक आते-आते मुगल वंश अपने असली रूप में सामने आ गया था। उसने श्री अर्जुनदेवजी की बलि ले ली थी, लेकिन बलिदान से पूर्व उन्होंने देशभर के संतों, भक्तों और विद्वानों की वाणी को एकत्र करके आदि ग्रंथ अथवा पोथी साहिब के नाम से देशवासियों के लिए एक नया कीर्तिमान स्थापित कर दिया था। यह ऐसा ग्रंथ था, जो पूरे देश के चिंतन को अभिव्यक्त करता था। यही कारण था मुगल साम्राज्य इस ग्रंथ के रुतबे और प्रचार-प्रसार से आशंकित हो उठा था। छठे गुरु श्रीहर गोविंदजी भाँप गए थे कि भविष्य का रास्ता और भी कंटकाकीर्ण होगा, क्योंकि अभी तक मुगलों का सामना सैद्धांतिक और दार्शनिक स्तर पर था, लेकिन अब यह सामना व्यावहारिक धरातल पर होनेवाला था। यही कारण था कि उन्होंने शास्त्र के साथ-साथ शस्त्र साधना भी शुरू कर दी थी। मुगल साम्राज्य सारे हिंदुस्थान को मध्य एशिया की तरह मतांतरित करना चाहता था। दशगुरु परंपरा उसके इस अभियान के रास्ते में दीवार बनकर खड़ी हो गई थी, अब दिल्ली के चाँदनी चौक में इस प्रश्न का निर्णय होनेवाला था कि अंततः कौन जीतेगा ? क्या भारत दारुल इसलाम बन जाएगा या फिर अपनी समस्त ऊर्जा को जाग्रत् कर एक बार फिर उठ खड़ा होगा। मुगल साम्राज्य जानता था कि दशगुरु परंपरा का प्रभाव सारे देश में है। सप्तसिंधु क्षेत्र में तो इस परंपरा ने मानो नई चेतना पैदा कर दी हो। इस परंपरा के गुरुओं को देश के लोग सच्चा बादशाह मानते थे। मोटे तौर पर एक समानांतर भारतीय व्यवस्था उभर रही थी और अब उस व्यवस्था के प्रतीक नवम गुरु श्री तेगबहादुरजी दिल्ली में औरंगजेब की कैद में थे और चाँदनी चौक में भारतीय इतिहास का एक नया पृष्ठ लिखा जा रहा था। कोतवाली से आठ दिन बाद गुरुजी और उनके तीनों साथियों को बाहर निकाला गया।

12 मार्गशीर्ष 1732 तदनुसार 11 नवंबर, 1675 का दिन था। मुगल सत्ता ने दिल्ली में मुनादी करवाई कि सभी लोग चाँदनी चौक में एकत्र हों। वहाँ गुरुजी और उनके साथियों को शासन की नीतियों के विरोध की सजा दी जाएगी। चाँदनी चौक की सुनहरी मसजिद के पास भीड़ उमड़ पड़ी थी। कोतवाली से नवम गुरु श्री तेगबहादुरजी और उनके तीन साथियों भाई मतिदास, सतीदास और भाई दिआलाजी को बाँधकर

मसजिद के सामने लाया गया। तेगबहादुरजी को एक बड़े पिंजरे में बंद किया हुआ था। मुगल साम्राज्य के काजी ने सभी को इसलाम मत में दीक्षित हो जाने के लिए कहा और डराया, लेकिन उन सभी ने इनकार कर दिया। उसके बाद जो अमानवीय कार्य हुआ उससे रूह काँप जाती है, अब उनको इसलाम को अस्वीकार करने के अपराध में दंड दिया जाना था। अरब नस्ल के सैयद काजी इस प्रकार के अपराध के लिए शरीयत में क्या दंड विधान है, इसे अच्छी तरह जानते थे।

सबसे पहले भाई मतिदास का नाम काजी ने पुकारा। सिपाही उनको सामने ले आए। दो स्तंभों या खंबों के बीच उनको जकड़ दिया गया। अब वे हिल-डुल नहीं सकते थे। सीधे तने हुए मतिदासजी खड़े हैं। सिर पर आरा लगा दिया गया। आरे के दो सिरों को दो जल्लादों ने पकड़ रखा है, जैसे ही काजी अपना कलमा पढ़ना बंद करेगा, जल्लाद सजा को क्रियान्वित करने लगेंगे। सजा तो सुनाई जा चुकी है। मृत्युदंड, लेकिन सजा क्रियान्वित कैसे की जाएगी, इसका अभी पता नहीं था। लेकिन सिर के ऊपर तेज धार के आरे को दोनों सिरों से पकड़कर खड़े जल्लादों को देखने से साफ हो गया था कि मतिदासजी को आरे से बीचोबीच चीरा जाएगा। मृत्यु का ऐसा विधान शायद कहीं देखा-सुना नहीं गया था, लेकिन काजी का यही निर्णय था। सल्तनत मुगल बादशाहों की थी। आरे चलाने से पहले काजी ने पूछा, "कोई अंतिम इच्छा ?" मतिदासजी की अंतिम इच्छा थी कि उनका मुँह गुरु तेगबहादुरजी की ओर कर दिया जाए। कुछ दूरी पर लोहे का एक बड़ा पिंजरा रखा हुआ था। उस पिंजरे में श्री तेगबहादुरजी सीधे तनकर खड़े थे। मतिदास और गुरुजी ने एक-दूसरे की ओर जी भरकर देखा, शायद मतिदास बताना चाह रहे थे कि यमराज को सामने देखकर भी उसके चेहरे पर खौफ या भय की छाया दूर-दूर तक नहीं है। मतिदास ने अपने वक्त के इतिहास को उत्तर दे दिया था। काजी ने संकेत किया और जल्लादों ने आरा चलाना शुरू कर दिया। कुछ दूरी पर बँधा हुआ छोटा भाई सतीदास, दो खंबों में जकड़े अपने बड़े भाई मतिदास को देख रहा था, जिनका शरीर बीचोबीच चीरा जा रहा था। खून का फव्वारा बह रहा था। सुनहरी मसजिद शायद लाल होने जा रही थी। धीरे-धीरे मतिदास के शरीर के दो टुकड़े हो गए। पहली शहादत दी जा चुकी थी।

भाई मतिदास छिब्बड़ ब्राह्मण थे। छिब्बड़ ब्राह्मण मोहयाल वंश से ताल्लुक रखते हैं। बहुत कम लोगों को ज्ञात है कि 618 में जब कर्बला के मैदान में हजरत मोहम्मद के दामाद हजरत अली के पुत्र हुसैन और उनके परिवार व संबंधियों को

अरब के मुसलमानों की विशाल सेना ने धोखे से घेर लिया था और बहुत ही निर्दयता से उनका कत्ल किया था तो हुसैन के पक्ष में यही मोहयाल वंश के ब्राह्मण लड़े थे। उनमें से अनेक की इस लड़ाई में शहादत भी हुई थी। हुसैन का दोष केवल इतना ही था कि वह इस नवस्थापित इसलामी साम्राज्य द्वारा आम जनता का जो शोषण किया जा रहा था और उन पर अत्याचार किए जा रहे थे, उसका विरोध कर रहे थे और आज 1675 में भी वही वंश मुगलों के अत्याचारी शासन का विरोध करता हुआ शहादत दे रहा था। 618 में मैदान में अरब थे और 1675 में मैदान में मध्य एशिया के मुगल थे। अत्याचार का यह रूप देखकर भाई दियाल दासजी का खून खौल उठा। उसने सभी के सामने भुजा उठाकर कहा, "मुगल वंश का औरंगजेब खुदा और मजहब के नाम पर जो कर रहा है, मैं श्राप देता हूँ कि निकट भविष्य में यह साम्राज्य समूल नष्ट हो जाएगा।"

भाई दिआलाजी

जिस स्थान पर आरे से भाई मतिदासजी को चीरा जा रहा था, उसके पास ही एक विशाल लौह पात्र में दहकती आग पर तेल उबाला जा रहा था। दो-तीन लोग जल्दी-जल्दी आग में लकड़ियाँ डालते जा रहे थे। आग प्रचंड हो रही थी और खौलता हुआ तेल भयानक दृश्य उपस्थित कर रहा था, लेकिन अभी यह स्पष्ट नहीं था कि यह तेल क्यों उबाला जा रहा था। सभी का ध्यान भाई मतिदासजी की ओर ही लगा हुआ था। अब काजी ने भाई दिआला का नाम पुकारा। उसे भी मृत्यु दंड दिया जा चुका था। क्या भाई दिआला को भी आरे से चीरा जाएगा? उसने अभी जो सभी के सामने औरंगजेब को श्राप दिया था, उससे यह आशंका और भी बढ़ गई थी, लेकिन काजी के पास इसलाम के काफिर को मारने की अनेक अमानुषिक विधियाँ थीं। अभी उसने एक विधि का प्रदर्शन किया था, अब वह जो करने जा रहा था, उससे उसके भीतर का राक्षस प्रकट होने जा रहा था। काजी ने अपने खुदा का नाम लिया। विशाल मुगल साम्राज्य को चुनौती देनेवालों से कैसे निपटा जाता है, मानो ऐसी हुंकार लगाई। काजी ने जल्लादों को इशारा किया। वे तुरंत भाई दिआलाजी को रस्सियों से कसकर बाँधने लगे। हाथ-पैर सभी कसकर बाँध दिए गए। भाई दिआला अब बिल्कुल हिल-डुल नहीं सकते थे। वे एक गट्ठर के समान हो गए थे। उधर निरंतर आग रौद्र रूप धारण करती जा रही थी। खौलते हुए तेल की आवाज भी मानो डराने लगी हो। बढ़ती हुई गरमी से लोग थोड़ा पीछे भी हटने लगे थे। फिर काजी ऊँची आवाज में कुछ बोलने

लगा, लेकिन अरबी भाषा में कही जा रही उसकी इस चिल्लाहट को भला कौन भारतीय समझ पाता? उसकी अरबी तो शायद किसी के पल्ले नहीं पड़ रही थी, लेकिन उसके संकेत सभी को समझ आ रहे थे। उसने हाथ हिलाया और जल्लादों ने गट्ठर की तरह बँधे हुए भाई दिआलाजी को उठाकर खौलते तेल के कड़ाह में डाल दिया। एक जिंदा इनसान को खौलते तेल में तला जा रहा था। चारों ओर सन्नाटा छा गया। कुछ क्षण के लिए मानो हवा भी रुक गई हो, लेकिन नहीं रुका सैयद काजी का अरबी भाषा में चीखना-चिल्लाना। वह अपने खुदा से शायद संवाद कर रहा था। यह दूसरी शहादत थी। आरे से कटा हुआ भाई मतिदास का शरीर वहीं पड़ा था। खौलते तेल में उबलकर कोयला हो गया भाई दियाला का शरीर अभी भी तेल पर तैर रहा था और काजी मुगल साम्राज्य की विजय के गीत गाता हुआ न जाने अरबी भाषा में क्या चिल्ला रहा था। अपने पिंजरे में बंद श्री तेगबहादुर यह सब देख रहे थे, वे शांत थे।

तीसरी बार उसी काजी ने फिर पुकारा। इस बार भाई सतिदास का नाम पुकारा गया था। सतिदास, मतिदास का छोटा भाई था। जल्लाद उसे पकड़कर काजी के पास ले आए। काजी का संकेत पाकर जल्लादों ने उसे एक खंभे से बाँधना शुरू कर दिया। कसकर बाँधने के बाद उन्होंने काजी की ओर देखा, लेकिन काजी को उत्तर देने की जरूरत नहीं पड़ी। तभी वहाँ कुछ सिपाही रूई के बड़े-बड़े गट्ठर लाने लगे। सतीदास के पास रुई का पहाड़ बन गया। सभी हैरान थे कि आखिर रुई किस काम के लिए मँगवाई जा रही है? लेकिन तभी जल्लादों ने खंभे से बँधे हुए सतीदास के इर्द-गिर्द रुई लपेटना शुरू कर दिया। रुई का यह घेरा क्षण प्रतिक्षण बढ़ता भी जा रहा था और ऊँचा भी होता जा रहा था। धीरे-धीरे सतीदास रुई के उस पहाड़ के भीतर ही छिप गए। कंबख्त काजी अरबी में बोलने से चुप नहीं हो रहा था। उसके संकेत पर एक जल्लाद जलती हुई मशाल लेकर आया और उसने रुई के उस पहाड़ के एक सिरे को आग लगा दी। रुई की आग। बाहर का हिस्सा तो एकदम जल गया, लेकिन भीतरी हिस्सा धीरे-धीरे धुँखने लगा और उसी की आँच में धीरे-धीरे झुलस रहे थे सतीदास। पिंजरे में कैद गुरु श्री तेगबहादुरजी ने आज अपने शिष्यों का अद्‌भुत बलिदान देखा था। शक्तिशाली मुगल साम्राज्य के सामने तनकर खड़े तीन वीर बलिदान हो गए, लेकिन भारत का भाल नहीं झुकने दिया। सप्त सिंधु की सातों नदियों का प्रवाह भी शायद एक क्षण के लिए रुक गया था, लेकिन नहीं रुका काजी का अरबी भाषा में चीखना और चिल्लाना।

गुरु श्री तेगबहादुरजी

औरंगजेब जानता था कि यदि श्री तेगबहादुरजी इसलाम को स्वीकार कर लेते है तो अधिकांश देशवासी अपना मजहब छोड़कर इसलाम मजहब स्वीकार कर लेंगे। इसके लिए गुरुजी को प्रलोभन तो दिए ही गए, साथ ही यातनाएँ भी दी गईं। जब गुरुजी किसी प्रकार से नहीं डिगे तो सैयद मौलवियों ने उनको ललकारा—'यदि आप इतने ही बड़े गुरु और आध्यात्मिक पुरुष हो तो कोई चमत्कार दिखाओ।' दरअसल सैयद मुल्ला-मौलवी इन्हीं सच्चे-झूठे चमत्कारों के धोखे से आम भारतीय को डरा रहे थे और चमत्कृत भी कर रहे थे और उसी से उनका मजहब परिवर्तन करते थे। सैयद मौलवियों का भय सप्त सिंधु क्षेत्र में बहुत दूर-दूर तक फैला हुआ था। उनके डेरे दिल्ली से लेकर पेशावर, मुलतान और मकरांत तक फैले हुए थे। प्रथम गुरु श्री नानकदेवजी ने अपनी लंबी लोकचेतना यात्राओं के दौरान ऐसे बहुत से डेरों को प्रभावहीन किया भी था। सैयद मुल्ला-मौलवियों के भय और आतंक से आम जनता को मुक्त किया था। दशगुरु परंपरा के कारण जो चेतना जागृत हो रही थी, उसका कारण चमत्कार नहीं थे, बल्कि गुरुओं का आचरण, उनकी तपस्या, उनकी साधना और जनसेवा थी। तेगबहादुरजी जानते थे कि यदि सैयदों द्वारा बिछाए गए चमत्कार के जाल में वे फँस गए तो सारी साधना एक झटके में समाप्त हो जाएगी। इसलिए उन्होंने सैयद मौलवियों के इस चक्रव्यूह में फँसने से इनकार कर दिया। मुगल सम्राज्य अब अपना अंतिम हथियार अपना लेना चाहता था। मृत्यु के भय से परास्त करना। मृत्यु कितनी दारुण और यातनाकारी हो सकती है, इसका एक नमूना मुगल सम्राज्य ने भाई मतिदास, भाई दियालदास और भाई सतीदास की बलि लेकर दे दिया था। वे शायद विश्वास करते थे कि इस प्रकार की दारुण मृत्यु देखकर श्री तेगबहादुरजी अपने पथ से विचलित हो जाएँगे और इसलाम स्वीकार कर लेंगे। श्री तेगबहादुरजी जानते थे कि सही रास्ता धर्म पर चलना ही है और हर व्यक्ति का धर्म है कि वह अन्याय और अत्याचार का डटकर मुकाबला करे। यह तो शायद औरंगजेब भी जानता ही होगा, लेकिन औरंगजेब ने सोचा होगा कि सामान्य परिस्थितियों में तो सभी लोग धर्म का पालन करते हैं, लेकिन जब यमराज सामने हो तो लोग धर्म का रास्ता छोड़कर अधर्म के रास्ते पर चल पड़ते हैं। भाई मतिदास, भाई दियालदास और भाई सतीदास की शहादत शायद श्री तेगबहादुरजी को भयभीत करने के लिए ही थी। मुगल सत्ता सोचती होगी की कष्ट के भय से विचलित होकर तेगबहादुरजी धर्म का मार्ग छोड़ देंगे, लेकिन मुगल साम्राज्य शायद यह नहीं जानता था कि जिसके शिष्यों ने मृत्यु के

सामने देवतुल्य आचरण किया था, उनका गुरु किस फौलाद से बना होगा।

तीसरे पहर श्री तेगबहादुरजी को पिंजरे से बाहर निकाला गया। जल्लाद हाथ में नंगी तलवार लेकर खड़ा था। पिंजरे से बाहर निकलकर तेगबहादुरजी ने तीनों शहीदों के शवों की ओर देखा, उनकी आँखें भर आईं। उनके चेहरे पर मृत्यु का रत्तीभर भी भय दिखाई नहीं दे रहा था। एक अनोखा तेज चेहरे से प्रकट हो रहा था। शांत और स्थितप्रज्ञ। काजी कलमा पढ़ रहा था और न जाने अपनी अरबी भाषा में चिल्ला-चिल्लाकर किस खुदा को अपनी बहादुरी की कथा सुना रहा था। उसने हाथ ऊपर किया और जल्लाद सैयद जलालुद्दीन ने तलवार के एक ही वार से श्री तेगबहादुरजी की गरदन को धड़ से अलग कर दिया। कुछ क्षणों के लिए उनका धड़ वैसे ही खड़ा रहा और फिर एक ओर लुढ़क गया।

पूर्वी दक्खनी भट्ट बही में इस घटना का इंदराज इस प्रकार मिलता है—

"21. गुरु तेगबहादुरजी महल नवाँ को नूर मोहम्मद खान मिरजा चौंकी रोपड़वाले ने साल सत्रह सौ बत्तीस, सावण प्रविसठे बारां दिहुं गाओं मलकपुर रंघडां, परगना घनौला से पकड़ के सरहंद पहुंचाइआ। गैल दीवान मतीदास, सतीदास बेटे हीरा मल छिबर के, गैल दिआल दास बेटा माई दास बलउंते का पकडिआ आइआ। गुरुजी चार मास बसी पठानां के बंदी खाने रहे। अठ दिवस दिली कुतवाली में बंद रहे।

23. दिआल दास बेटा माईदास का, पोता बलूराऊ का, पडपोता मूलचंद का, बाँस बीझों भारदुआजी गोतर, गुरु तेगबहादुर गैलों साल सत्रह सौ बतीस मगसर सुदी पंचमी वीरवार के दिहुं दिली चाँदनी चउंक के मलहान शाही हुकम गैल मारा गिआ। साथ मतीदास सतीदास बेटे हीरामल के, पोते दवारका दास के भारगव गैलों छिबर ब्राह्मण मारे गए। (भट वही तलऊंढा, परगना जींद)

24. गुरु तेगबहादुरजी महल नावाँ बेटा गुरु हर गोविंदजी का तीन दिवस शाही काजी के हुकम गैल कोतवाली दिली ने गुरुजी को घना कशट दीआ, जो कथन से बाहर है। सम्मत सत्रह सौ बत्तीस मगसर सुदी पंचमी तीजे पहिर वीरवार के दिहुं, तीन सिखों की शहादत के बाद, गुरुजी को बरोटे के गैल, चाँदनी चौंक में लाए बिठाइआ। शाही काजी फिर बोला, यह आप के लीए आखरी समाँ है या अजमत या इसलाम कबूल लें, वरना मरने के लई तिआरी करीऐ। गुरुजी ने चुप साध ले, कोतवाल ने जलालुदीन जलाद की तरफ देखा, उसने तलवार से सिर धड़ से जुदा कर दीआ। (भट वही तलऊंढा, परगना जींद)"

गुरु तेगबहादुरजी का आत्म-बलिदान किसी व्यक्तिगत प्राप्ति के लिए नहीं, बल्कि सामाजिक सरोकारों के लिए दिया गया था। "बलिदान जनहित के किसी किसी ऐसे उद्देश्य या लक्ष्य को ध्यान में रखकर किया जाता है, जिसमें व्यक्ति की समाज की भूमिका महत्तर हो उठती है। इस दृष्टि से भारतीय परंपराओं का विश्लेषण करने पर दिखाई देता है कि हमारे देश में त्याग की परंपराएँ तो हैं, परंतु बलिदान की नहीं। यहाँ व्यक्ति अपने मोक्ष, अपने कर्तव्य, अपने वैयक्तिक धर्म की सिद्धि के लिए बड़े-बड़े त्याग तो करता रहा है, परंतु किसी सामूहिक, सामाजिक आदर्श की रक्षा के लिए अपने जीवन की बाजी लगा बैठा हो, दधीचि को छोड़कर, ऐसा कोई उदाहरण मुझे याद नहीं आता।" (महीप सिंह, गुरु तेगबहादुर—जीवन और आदर्श, पृष्ठ 11) भारतीय इतिहास में एक उदाहरण वज्रस्रवा का आता है, जिसने अपने बेटे नचिकेता को अंतिम सत्य का मर्म जानने के लिए यमराज के पास भेजा था, लेकिन कलिकाल में यह अकेला उदाहरण था, जब बेटे ने अपने पिता को देश और धर्म की रक्षा के लिए प्राणाहुति देने के लिए कहा। शायद इतिहास में पिता-पुत्र का ऐसा कर्म अन्यत्र दुर्लभ है।

डॉ. मोहिंदर पाल कोहली लिखते हैं—"गुरु तेगबहादुर पंथ निरपेक्षता के प्रबल समर्थक थे। बादशाह के आदेश से मतांतरण किया जा रहा था। निर्दोष जनता को या तो बलपूर्वक मतांतरित होना था या मृत्यु का सामना करना होता था। बड़ी संख्या में लोग मुसलमान हो गए, लेकिन उससे भी कहीं बड़ी संख्या ने इसलाम पंथ को स्वीकार करने से इनकार कर दिया। उसकी बजाय मतांध शासकों की तलवार को चूम लिया। इसी संघर्ष की स्थिति में गुरु तेगबहादुरजी ने निर्णय किया कि वे दारुल इसलाम के समर्थकों के अमानुषिक अत्याचारों के विरोध में देश की जनता का नेतृत्व करेंगे। 'डरो मत, डराओ मत' के घोष के साथ उन्होंने अपने देशवासियों में आत्मरक्षा, अनन्य साहस और निर्भयता की शक्ति पैदा की। उन्होंने धर्मयुद्ध छेड़ दिया। अत्याचारी शक्तियों के विरोध में न्यायसंगत युद्ध। उन्होंने जीवन में जीवटता दिखाकर और मृत्यु में अविचल रहकर व्यक्ति स्वतंत्रता को प्रतिष्ठित किया।" (मोहिंदर पाल कोहली, गुरु तेगबहादुर, पृष्ठ 68)।

□

सप्तम अध्याय

अंतिम संस्कार

घटनास्थल पर गुरुजी का धड़ और सिर अलग-अलग पड़े थे। मुगल शासन ने गुरुजी की देह को उठाने पर प्रतिबंध लगा दिया था, ताकि जनमानस में स्थायी भय डाला जा सके, लेकिन क्या मुगल सत्ता के इस अमानवीय कार्य से सचमुच आम भारतीय डर गया था या फिर गुरुजी और उनके साथियों के इस आत्मबलिदान से उनमें एक नई चेतना और ऊर्जा जाग्रत् हुई? गुरुजी ने आनंदपुर से चलने से पहले ही अनुमान लगा लिया था कि उनके बलिदान से आम जनता में तूफान खड़ा हो जाएगा। औरंगजेब का अनुमान था कि इस भयानक मंजर से भारत के लोग और अधिक डर जाएँगे और स्वतंत्रता के प्रयास सदा के लिए समाप्त हो जाएँगे, लेकिन इस शहादत के बाद पता चला कि गुरु तेगबहादुरजी का अनुमान ही सही था। उसका कारण यही था कि दशगुरु परंपरा भारतीय चेतना व ऊर्जा का ही स्वरूप था। भारत की आत्मा को इस परंपरा से ज्यादा और कौन जानता था? घटनास्थल पर मुगल सेना का पहरा था। मौसम बहुत ही खराब होने लगा था। रात्रि का अंधकार, तूफान, बादल और बिजली की गर्जना। गुरुजी के शरीर को वहाँ से कैसे उठाया जाए, ताकि विधिवत् उनका अंतिम संस्कार किया जा सके। मुगल शासन से इसकी गुहार लगाना निरर्थक था, क्योंकि मुगल साम्राज्य तो अपने इस अमानुषिक कृत्य से भविष्य में भी भारतीय समाज को आतंकित और भयभीत करना चाहता था, ताकि आनेवाले समय में भी कोई साम्राज्य के सामने सिर उठाकर न चल सके, लेकिन गुरुजी के इस आत्म-बलिदान ने तो जनमानस में आग भर दी थी, शायद चिड़ियों के बाज बनने की पहली इबारत लिखी गई थी। लवाना समाज का लक्खी बंजारा। बंजारे में न जाने कहाँ से अदम्य साहस का संचार हो गया। उसने निर्णय कर लिया कि वह गुरुजी के शरीर का संस्कार करेगा, चाहे उसे इसके

लिए कितनी भी कीमत क्यों न चुकानी पड़े। उसके तीनों पुत्र नगाहिया, हेमा और हाडी भी इस पवित्र कार्य में अपने पिता के सहयोगी बने। उसका व्यवसाय अपने छकड़ों में एक स्थान से दूसरे स्थान पर सामान पहुँचाने का था। जब छकड़े गुरुजी की शहादत से पावन हो चुकी उस जमीन पर पहुँचे तो लक्खी और उसके बेटों ने किसी तरह चौकीदारों को भुलावे में डालते हुए, अपने प्राणों की भी चिंता न करते हुए गुरुजी का धड़ उठाकर अपने एक छकड़े में रख लिया। वे सभी गुरुजी की देह को लेकर रायसीना अपने गाँव में पहुँचे, लेकिन प्रश्न था कि वे इसका विधिवत् संस्कार कहाँ करें? कहीं भी करते तो मुगल शासकों को शक हो सकता था। "माघ सुदी पंचमी विक्रमी संवत् 1732 की रात को उसने गुरुजी के मृत शरीर को अपने सारे सामान के साथ अपने घर में ही जला दिया।" (मोहिंदर पाल कोहली, गुरु तेगबहादुर, पृष्ठ 40) आकाश को छूती हुई अग्नि की लपटें उठने लगीं। गुरुजी का शरीर पंचभूतों में विलीन हो गया। ज्योति अग्नि की ज्योति में जा मिली। गाँव के लोग एकत्र हो गए। वे लक्खी के साथ उसका घर जल जाने पर दुःख जताने लगे, लेकिन लक्खी तो जानता था कि इस अग्निकुंड में एक पावन शरीर का संस्कार हुआ है, जिसके कारण उस गाँव की धरती पावन हो गई है। वह तीर्थक्षेत्र बन गई है। आज उस स्थान पर रकाबगंज गुरुद्वारा लक्खी के त्याग का साक्षी है।

उधर चाँदनी चौक के शहीदी स्थल पर साहस का एक दूसरा अध्याय लिखा जा रहा था। गुरुजी का शीश अभी भी वहीं पड़ा था। भाई जैता ने संकल्प लिया कि वह गुरुजी के शीश को किसी भी तरह उनके सुपुत्र गोविंद सिंहजी के पास पहुँचाएगा, ताकि वे उसका विधिवत् अंतिम संस्कार कर सकें। भाई जैता ने अपने साथियों ननुआ और ऊदा के साथ मिलकर इस साहसी अभियान को अंजाम दिया। उसने रात के अँधेरे में घटनास्थल से गुरुजी का शीश उठाया और घोड़े पर सवार होकर आनंदपुर की ओर चल पड़ा। कुछ देर बाद उसके दो अन्य साथी भी उसके साथ आ मिले, लेकिन तीनों अपने बीच में एक सुरक्षित अंतराल बनाए हुए थे, ताकि किसी को शक न हो जाए। उधर मुगल शासन आगबबूला हो रहा था। हर जगह धरपकड़ हो रही थी, लेकिन भाई जैता और उसके साथियों ने मौत की भी परवाह न करते हुए पाँच दिन बाद गुरुजी का शीश आनंदपुर में उनके बेटे गोविंद सिंहजी को सौंप दिया। उन्होंने भाई जैता को सीने से लगाते हुए कहा, "रंगरेटे गुरु के बेटे।" 16 नवंबर, 1675 को गोविंद सिंहजी ने अपने पिता के शीश का विधिवत् अंतिम संस्कार किया। आजकल वहाँ एक गुरुद्वारा मौजूद है। कुछ इतिहासकार

मानते हैं कि कुछ दिनों के उपरांत लक्खी दास अपने बेटों के साथ गुरु तेगबहादुरजी की अस्थियाँ लेकर आनंदपुर साहिब पहुँचा। उसने गोविंद सिंहजी को गुरुजी के शरीर के संस्कार की सारी घटना बताई और उनकी अस्थियाँ उन्हें सौंप दीं। सभी ने मिलकर अस्थियों को विधिवत् पावन सतलुज में प्रवाहित कर दिया। तिब्बत से चली हुई सतलुज गुरुजी की अस्थियों को लेकर आगे चल पड़ी। इस प्रकार भारतीय इतिहास के एक अविस्मरणीय अध्याय का पटाक्षेप हुआ।

कालांतर में दशम गुरु श्री गोविंद सिंहजी ने अपनी आत्मकथा 'विचित्र नाटक' में अपने पिता के इस प्राणोत्सर्ग का उल्लेख करते हुए कहा—

तिलक जंजू राखा प्रभ ताका। कीनो बडो कलू महि साका।
साधनि हेति इती जिनि करी। सीसु दीआ परू सी न उचरी॥
धरम हेत साका जिनि कीआ। सीसु दीआ परू सिररू न दीआ।
नाटक चेटक कीए कुकाजा। प्रभ लोगन कह आवत लाजा॥
ठीकरि फोरि दिलीस सिरि प्रभ पुर कीआ पयान।
तेगबहादुर सी क्रिआ करी न किनहूँ आन॥
तेगबहादुर के चलत भयो जगत् को सोक।
है है है सभ जगत भयो जै जै जै सुरलोक॥

(विचित्र नाटक, अध्याय 5, 13–16)

अपने धर्म, यानी स्वधर्म की रक्षा करते हुए प्राणोत्सर्ग का यह अनुपम उदाहरण कहा जा सकता है। कहा भी गया है—स्वधर्मे निधनं श्रेष्ठ, अर्थात् अपने धर्म में निधन ही श्रेष्ठ है। धर्म के बारे में कथन है—धर्मो रक्षति रक्षत:। धर्म उसकी रक्षा करता है, जो धर्म की रक्षा करते हैं। यह समाज के संदर्भ में और भी सटीक है। समाज धर्म के अनुसार चले, तभी सभी प्रकार की उन्नति होती है। जो समाज धर्म की रक्षा नहीं करता, धर्म भी उस समाज की रक्षा नहीं करता। उस समाज में अराजकता फैल जाती है और वह अधर्म के रास्ते पर चलते हुए अंततः नष्ट हो जाता है। धर्म के कुछ तत्त्व शाश्वत या सनातन होते हैं और कुछ कालक्रमानुसार बदलते रहते हैं। धर्म के स्वरूप भी अनेक होते हैं। उदाहरण के लिए समाज धर्म, राजधर्म, व्यक्ति धर्म इत्यादि। प्रत्येक व्यवसाय का भी अपना-अपना धर्म होता है। उदाहरण के लिए, अध्यापक का धर्म सभी छात्रों से व्यक्तिगत राग-द्वेष को परे रखते हुए समान व्यवहार करना। डॉक्टर या चिकित्सक का धर्म बिना किसी

भेदभाव के बीमार का इलाज करना। न्यायाधीश का धर्म भय या लालच से निरपेक्ष रहकर न्याय करना। इसी प्रकार ईमानदार रहना, सत्य व्यवहार करना, अन्याय का यथाशक्ति प्रतिकार सभी का धर्म है। इस लिहाज से धर्म को कर्तव्य भी कहा जाता है। सामान्य स्थिति में तो सभी अपने-अपने धर्म या कर्तव्य का पालन करते ही हैं, लेकिन परीक्षा तब होती है, जब धर्म के पालन के रास्ते में कोई बड़ी बाधा आ खड़ी होती है। उदाहरण के लिए किसी न्यायाधीश को कहा जाए कि यदि निर्णय व्यक्ति विशेष के पक्ष में न किया गया तो तुम्हारी हत्या कर दी जाएगी, अब न्यायाधीश के सामने संकट खड़ा हो गया है। धर्म अथवा प्राणों में से किसी एक की रक्षा की जा सकती है, अब यदि न्यायाधीश अपने प्राणों की भी परवाह न करते हुए सही निर्णय ही देता है तो कहा जाएगा कि न्यायाधीश ने अपने धर्म की रक्षा के लिए अपने प्राणों की भी परवाह नहीं की, लेकिन यदि वह प्राण रक्षा के लिए गलत निर्णय दे देता है तो कहा जाएगा, उसने अपनी प्राण रक्षा के लिए अधर्म का मार्ग पकड़ लिया है।

औरंगजेब ने अपने मजहब को वरीयता देते हुए अपने धर्म का पालन नहीं किया, क्योंकि राजधर्म मजहब से निरपेक्ष रहकर न्याय करना होता है। विदेशी मुगल शासन मजहब से निरपेक्ष नहीं रह सका और अधर्म के रास्ते पर चल पड़ा। इसके विपरीत गुरुजी धर्म के मार्ग पर चल रहे थे। मुगल शासन भारतीयों पर अमानुषिक अत्याचार कर रहा था, उन्हें अपना मजहब बदलने के लिए विवश कर रहा था। इस अन्याय का प्रतिकार करना ही सभी का धर्म था, लेकिन इस समय अपने धर्म, यानी स्वधर्म का पालन करने का अर्थ था, विदेशी मुगल सत्ता से सीधे टकरा जाना, यानी प्राणों को संकट में डाल देना। इतिहास साक्षी है कि ऐसे संकटकाल में अधिकांश लोग अपने धर्म का पालन नहीं करते, बल्कि अपने बिल में छिप जाते हैं। यह वह समय होता है, जब अपने धर्म का पालन करना या उसकी रक्षा करना सर्वाधिक चुनौतीपूर्ण होता है। भारतीय इतिहास में यह ऐसा ही चुनौती भरा कालखंड था। अशोक महान् का एक शिलालेख कहता है—'यतो धर्मस्ततो जय', अर्थात् जहाँ धर्म है, वहीं विजय है। गुरुजी के पास धर्म का बल था और मुगल साम्राज्य के पास पशुबल था। गुरुजी सत्य मार्ग के पथिक थे। मुगल साम्राज्य की नींव ही असत्य, अत्याचार एवं अधर्म पर टिकी थी। ऐसे समय में गुरु तेगबहादुरजी ने बिना प्राणों का मोह किए अपने धर्म का पालन करने और उसकी रक्षा करने का निश्चय किया। संकटकाल में अपने धर्म का पालन करनेवाला

लाखों में से कोई एकआध ही होता है। इसीलिए उसे धर्मध्वजा का वाहक कहा जाता है। ऐसे लोग अमर हो जाते हैं। ऐसे धर्मध्वजा वाहक श्री तेगबहादुरजी को श्रद्धांजलि देते हुए गुरु गोविंद सिंहजी ने 'चंडी दी वार' में कहा—

तेग बहादर सिमरिए घर नौ निधि आवै धाइ। सब थाईं होइ सहाइ॥

गुरुजी ने अपने धर्म के मार्ग पर चलते हुए प्राण न्योछावर कर दिए। वे प्राण न्योछावर करके भी जीत गए और औरंगजेब उनके प्राण लेकर भी हार गया। यही कारण था कि गुरु गोविंद सिंहजी ने इस महान् बलिदान को 'धर्म हेत' किया गया 'साका' कहा। श्री तेगबहादुरजी के आत्म-बलिदान के बाद सत्य हजारों नए स्वरों से मुखरित होने लगा।

□□□